L'ENFANT RÉPARÉ

DU MÊME AUTEUR

L'Écrivain de la famille, Lattès, 2011 (Le Livre de Poche, 2012).

La Liste de mes envies, Lattès, 2012 (Le Livre de Poche, 2013).

La première chose qu'on regarde, Lattès, 2013 (Le Livre de Poche, 2014).

On ne voyait que le bonheur, Lattès, 2014 (Le Livre de Poche, 2015).

Les Quatre Saisons de l'été, Lattès, 2015 (Le Livre de Poche, 2016).

Danser au bord de l'abîme, Lattès, 2017 (Le Livre de Poche, 2018).

La femme qui ne vieillissait pas, Lattès, 2018 (Le Livre de Poche, 2019).

Mon Père, Lattès, 2019 (Le Livre de Poche, 2020).

Un jour viendra couleur d'orange, Grasset, 2020 (Le Livre de Poche, 2021).

GRÉGOIRE DELACOURT

L'ENFANT RÉPARÉ

BERNARD GRASSET
PARIS

Photo de la bande : collection particulière.

ISBN 978-2-246-82884-6

Pour Dana, qui a su avant moi.

« Écrit dans ma paume
le destin de mon père
de ma mère
et le mien qui éclate
arrachant ma main. »

Anise Koltz, *La Terre se tait*

La maison existe toujours. Elle est située au 9 de l'avenue de Verdun.

Si l'on fait abstraction de celle d'en face, au 12, qui appartenait à un médecin, c'est la plus spacieuse de l'avenue. Façade en briques rouges, double porte d'entrée en chêne – un miel clair. Des poignées bâton de maréchal en cuivre que ma mère avait à cœur de toujours faire briller. La propreté dissimule le chagrin, disait-elle. Un long couloir traverse la maison, mène à un jardin clos de murs, tessons de bouteilles aux faîtes pour décourager les voleurs et sans doute les évasions. Deux bandes d'herbe encadraient un sol de caillasse grenat, trois malheureux buissons et, au fond, un grand hêtre à l'écorce si lisse, presque douce, plus de vingt mètres de hauteur. Enfant, je m'y dissimulais les jours de tempête. Me laissais tomber d'une grosse branche pour m'y casser un pied ou la tête. J'ai souvent menacé de m'y pendre. La cuisine était vaste et jaune. Il y avait une salle à manger où l'on ne mangeait jamais. Une pièce où dans un coin trônait un téléviseur de location puisque mon père ne croyait pas au progrès – un Pizon-Bros. Un double salon où ma mère, comme moi avec mon arbre, se réfugiait lorsqu'elle était triste, et elle l'était souvent. L'endroit alors s'embrouillardait de la fumée de ses menthols et je pensais qu'elle aussi voulait s'évaporer.

La maison comptait à l'étage une petite salle de bains et quatre chambres. Il y avait là celle de nos parents. Il y aura celle de mon frère, celle de ma sœur et la mienne – un temps seulement car bientôt je demanderais à partir. J'avais juste dix ans.

Cinquante ans plus tard, au terme d'un effort de mémoire et assisté de quelques photographies, je peux presque ressentir à nouveau sous la pulpe de mes doigts le gaufrage du papier peint du couloir, la trame serrée du tissu mural dans la chambre de mon frère. Je retrouve les marches qui grinçaient dans l'escalier. Celles qui couinaient et celle qui menaçait. Je renoue avec le grain du skaï usé du canapé sur lequel ma mère voguait dans le salon. La tiédeur de la porcelaine de l'unique lavabo de la salle de bains. De la cave, je goûte une nouvelle fois les effluves de moisi, de brique humide, j'éprouve encore le sol terreux, inégal, la densité des blocs de lignite ; plus tard, les lointaines senteurs de la cuve de fioul derrière laquelle je m'étais fait une cachette. Je retrouve la voix de ma mère, sa gorge noyée. Remonte, s'il te plaît. Remonte. Elle tendait sa main pour m'aider à m'extirper. Je cherchais à mordre ses doigts. Je voulais qu'elle s'emporte contre moi, et que je pleure, et qu'elle me console, mais cela n'arrivait pas.

Dans cette maison, j'ai fumé mes premières clopes avec mon frère. J'ai pendant des mois écouté en boucle *Mon petit garçon* de Reggiani et, bien plus tard, en 1993, je suis allé le voir chanter au Palais des Congrès à Paris, parce que je pensais qu'il allait mourir – sur scène, il s'était agrippé au piano comme à une perfusion. J'ai giflé une fois ma mère dans cette maison. J'y ai ri quelques autres avec ma sœur, au temps où j'étais son Prince. J'ai souvent regardé l'avenue en contrebas en me demandant quelle sensation ce serait de voler avant de m'écraser – le voilà, mon rêve d'enfant qui souffrait. Toujours dans cette maison j'ai un jour trouvé au grenier un bouquin sur la guerre d'Algérie. Il y avait un cahier-photos en son milieu, en noir et blanc, tirages grossiers, gros grains. Des visages dont on avait coupé le nez. Des corps ficelés avec du barbelé. Un homme pendu, la langue gonflée comme une gourde en cuir. Des bras sans main. Des mains coupées. Orbites évidées. Je n'ai jamais osé dire que j'avais vu ces monstruosités parce que mon père avait passé trois ans là-bas, dans les hauts plateaux de l'Oranie au temps de cette belligérance ; qu'il avait peut-être lui-même coupé des nez ou des oreilles ; qu'il n'en parlait jamais et que le silence est toujours un aveu. Dans cette maison, j'ai cent fois inhalé du trichloréthylène sur un mouchoir de coton, jusqu'à l'évanouissement. On m'a gavé de Valium et de Mogadon. Je n'ai jamais écrit dans cette maison. Je veux dire que je n'y ai rien inventé, jamais rêvé d'être un jour écrivain, d'avoir fait un best-seller. J'ai eu peur et froid. J'ai été abîmé dans cette maison. J'ai été abusé. Aujourd'hui, je le sais.

I

Il y a un enfant mort

Je regarde mon corps. Cette chair vieille de soixante ans.

La peau plus fine autour des yeux. Les relâchements, dans le cou. Les veines qui affleurent. S'entortillent comme un lierre autour de la jambe. Les griffures. L'ancienne trace du ciseau à l'intérieur de mon avant-bras droit a laissé une cicatrice claire. On dirait un long cheveu blanc. Les autres blessures, sans doute moins profondes, se sont estompées au fil des années.

Je regarde mon corps et je me demande où cela a commencé. Quelle partie a d'abord été touchée. Engloutie. Caressée peut-être. Les caresses ne laissent pas de trace. Les baisers non plus. Seules les morsures des affamés cisaillent la chair. Je n'ai pas été mordu. Je n'ai pas été brûlé, ni coupé. C'est pire. Il ne reste rien. Aucune preuve. Mon corps n'est pas un témoin. Il est l'ennemi du mal qui m'a été fait. Une neige immaculée. Mon corps est l'acquittement du coupable.

Alors j'essaie de me souvenir des lèvres des femmes qui l'ont goûté plus tard. Mais elles aussi ont disparu.

Je suis un écrivain du hasard.

Une bousculade.

C'est la faim qui m'a poussé à écrire. À dix-neuf ans, j'avais faim et la faim ôte l'envie de danser. Elle est un vide qui se dévore lui-même.

Je venais d'obtenir le baccalauréat à deux dixièmes près. Un petit bac. Philo et histoire de l'art. Pas de quoi nourrir son homme. Il fallait continuer. En ce temps, aux indécis et aux médiocres dont je faisais partie on conseillait, les yeux au ciel, avec un air de pieuse compassion, de faire du droit. Comme dans *droit chemin*, je suppose. Je cherchai alors une université, bien loin de l'avenue de Verdun, ses briques rouges, l'inaltérable odeur d'après-guerre de la ville et fus accepté à Saint-Martin-d'Hères, près de Grenoble. Un campus immense. Des milliers d'étudiants, me semblait-il. Ils rient. Allongés dans l'herbe, ils fument. Odeurs de tabac blond et de beuh. Ils se tiennent parfois la main. S'embrassent aussi. Il y a de l'impatience dans leurs baisers, une audacieuse gloutonnerie. Certains boivent des bières, d'autres jouent de la guitare et des filles entortillent des mèches de leurs cheveux en les convoitant. Ils paraissent heureux, semblent être toutes les promesses ; tout un monde que je ne connais pas. Mais je n'aime pas le droit. Je n'aime pas son vocabulaire. Affacturage. Synallagmatique. Bâtonner. Frustratoire. Ce sont des mots sans charme ni tendresse ; ils cherchent juste à dépouiller les gens, et je me surprends à rêver de mots qui réconcilieraient, qui agrandiraient. Place Sainte-Claire, chez un bouquiniste, je déniche de vieux exemplaires de la collection Poésie/Gallimard. Musset, Aragon, Desnos. Leurs mots chantent, m'enchantent ; ils sont des croches et des demi-soupirs ; ils m'habillent et je me sens beau et alors j'ose, parce qu'il faut bien que s'emballe mon cœur, que ma chair tremble et brûle de nouveau, aborder cette fille, toujours assise au premier rang dans l'amphi – et pourtant Dieu sait qu'ils m'agaçaient les premiers de classe. Je la trouve belle et sa beauté m'impressionne. Une beauté inconnue, à l'opposé de la pâleur des femmes de ma famille, leur blondeur de rigueur. Elle est une corneille. Une lueur d'Afrique du Nord. Plus tard, il semblera à sa famille que la mienne était alors une horde de Scandinaves, presque des sauvages, et ce sera la seule fois où nous rirons tous.

Les mots des poètes apportent une touche de rose aux joues des filles. La voici qui rougit, sourit, dit oui. Nous découvrons que nous sommes jumeaux. Même jour, même mois, même année. C'est impossible, dit-elle, tu as fouillé dans mon sac, regardé ma carte d'identité. L'un né à Tunis, l'autre à Valenciennes. Chacun au nord de son pays, jamais loin de la mer, d'un bateau, d'une fuite. Sa grand-mère pousse des youyous. C'est un signe, chante-t-elle. C'est Dieu qui parle. Ses cris joyeux rejoignent les étoiles, nous balisent un destin et scellent nos fiançailles. Mais le désir est vorace. Nous abandonnons la fac à la fin de l'hiver, descendons au soleil et nous installons face à la mer. Là-bas, au-delà de la Corse, au-delà de la Sicile, il y a El Menzah, Halfaouine. Il y a La Fayette où elle a vu le jour, la rue Caton où elle a grandi, devenue Asdrubal. La terre que son père a fuie. La terre qu'elle a quittée. C'est une période d'amour, d'euphorie et toujours de faim. Entre-temps de fauche et de froid. Des lendemains qui s'annoncent des impasses. La peur s'insinue, sournoise, mais au printemps je déniche un emploi de plagiste. Les premiers touristes sont allemands. Ils laissent de gros pourboires. Je fanfaronne. Puis viennent les Anglais, avares avant l'ivresse. Puis reviennent les Cagnois. La faim s'éloigne mais l'horizon se rétrécit. Elle a des rêves. Ce n'est pas une vie, dit-elle, attendre. Les choses n'arrivent jamais, il faut les ravir. Nous remontons alors dans le Nord. Le gris inaltérable. Ma pénitence. Je rassemble les mots les plus importants que je connais et entreprends de convaincre mon père de m'engager dans son grand magasin. C'est une sorte d'*Au Bonheur des Dames* – textile, confection, bonneterie, boutonnerie, rubans. Il m'inspirera la mercerie de *La liste de mes envies*, mais je ne le sais pas encore. Je ne sais rien encore. C'est non, répond-il. Même portier, papa. Gardien de nuit. Homme de ménage. S'il te plaît, nous avons faim. Il hausse les sourcils. Se détourne. C'est une humiliation.

J'émerge d'une souffrance lointaine, je déborde d'absences comme on déborde de larmes.

Mon chagrin est épineux et

Ma mémoire estropiée.

Je voudrais retrouver mes mots d'enfant pour me retrouver, mais je ne connais pas celui que je fus ;

Il a été tu.

Je regarde mon corps et calcule qu'à l'âge de cinq ans je m'arrivais à la hanche.

Une photographie d'alors me montre très blond. Un épi sur le haut du crâne. Des joues pommelées. Une chemisette fermée au col. Une culotte courte. Des bottines à lacets. Des socquettes trop fines.

J'étais encore un petit garçon comme les autres. Une joie.

Mon corps d'enfant me semble soudain si vulnérable. Si dérisoire. Les doigts d'un homme pouvaient facilement l'encager.

Les rafales de vent sur la plage du Touquet m'avaient une fois emporté sur plusieurs mètres et ma mère, terrifiée à l'idée que nous puissions nous envoler, nous attachait désormais, mon frère et moi, à de longues cordes. Je m'en souviens parce qu'elle me l'a raconté. Parce que, cet été-là, elle avait commencé à trembler pour moi. Parce qu'elle soupçonnait l'hiver précédent.

Aux vacances suivantes, elle ne m'emmènera plus avec elle. Elle me préparera une petite valise à part, me fera monter à bord de cars ou de trains qui m'emporteront loin d'elle, loin de la longueur des bras d'un homme. Je haïrai sa désertion. Je tempêterai Je n'ai rien fait de mal ! Rien fait de mal ! Je serai blessant Tu es méchante ! Tu ne m'aimes pas ! Je ne savais pas encore que les mères sentent toujours la mort prochaine de leur progéniture.

Le père de « ma jumelle », aimable commerçant fripouille ayant fui Tunis par peur d'une incarcération probable, débarqua à Grenoble en 1962 avec des biffetons cachés dans des tubes de dentifrice. Il eut quelque temps plus tard, avec trois amis du bled, la bonne idée d'importer la marque japonaise NIVICO – qui deviendra JVC, laquelle imposera mondialement son standard VHS face au Betamax du monstre Sony. La fortune de l'évadé sera faite. Sa boutique ne désemplira plus. Pas question pour autant de nous aider, J'ai déjà ton oncle Coco et sa femme qui travaillent avec moi au magasin. En attendant, tiens. Il plongea la main dans la poche de son pantalon. Trois cents francs.

L'homme impressionnait. Un corps à la Lino Ventura, une puissance de taureau qui se devine. Je me tenais face à lui, assis au bord du bord du canapé en cuir blanc. Les manches de mon pull couvraient mes doigts tremblants. Il me considéra un bon moment. J'avais vingt ans. J'étais maigre. Tu es sérieux avec ma fille ? demanda-t-il soudain. Je lâchai un oui enroué. Il sourit. Un appât, ce sourire. Puis il lança ces cinq mots qui allaient changer le cours de ma vie : Alors elle est à toi. C'en fut immédiatement fini de l'enfance. De l'insouciance. Des égarements charmants. Engrillagé pendant des années chez les jésuites, j'étais passé à côté des joyeusetés du monde. J'avais raté les Beatles, le milliard de fans hystériques, leur séparation. La naissance du groupe Téléphone. Pas entendu parler de Cabrel. Je n'avais pas vraiment eu le temps de connaître d'autres filles ; quelques chagrins d'amour qui fendent le cœur, cuirassent la chair. Ce temps d'avant la fournaise de l'âge adulte m'échappait. J'avais à vivre pour deux déjà. Vivre vite. Travailler. Nourrir. Habiter. Mais que faire ? J'avais bien quelque temps rêvé d'architecture mais j'étais lamentable en mathématiques ; de philosophie aussi, dont j'avais tant aimé les cours en Terminale, mais elle nourrit l'esprit, pas les corps ; de peinture enfin, mais une journée « Portes ouvertes » aux Beaux-Arts de Lille m'avait bouleversé aux larmes. J'en étais sorti écrasé par le talent des autres. Il m'avait semblé qu'ils possédaient tous cette folie qui fait les œuvres et les tumultes. Moi, je ne possédais rien de tel, avais-je alors pensé. Rien d'écorché. Rien d'incendié. Certes je disposais de ma souffrance originelle, continuelle, mon corps poubelle, mais j'étais alors bien incapable d'en nourrir une quelconque entreprise. Il faut du temps pour faire corps avec sa douleur ; prendre un jour le risque de l'aimer afin de ne pas mourir.

Et voici les mots. Seule chose gratuite en ce monde. Seul trésor capable de produire l'or et les miracles. Mais surtout la bouffe. Car la faim tenaillait, grignotait nos rêves. Elle avait maigri. J'ai froid, disait-elle. Je me mis alors à chercher où mes mots pourraient bien avoir une valeur marchande. Feuilletai entre autres le catalogue de *La Redoute* et pensai être moi aussi capable d'écrire ce type de légendes sous les produits. Leur lettre de refus fut une claque. Quelqu'un me parla alors de la publicité. C'est amusant, me dit-il, et ça rapporte – deux mots en apparence inaccordables. Je composai un dossier d'annonces fictives qui me permit de décrocher un stage à Bruxelles. Paris se méfie des provinciaux. Mes formules firent mouche et on me fit une offre. Un très bon salaire. Les mots allaient enfin remplir nos assiettes, permettre une location plus spacieuse, un lit de 160. Peut-être même le crédit d'une petite automobile.

C'est l'été. Notre mariage. Les youyous et le malouf tunisien cohabitèrent quelques heures avec les *Gloria in Excelsis Deo*. Les Scandinaves et les taureaux riaient ensemble. Mon père avait dansé avec une femme, beauté affolante, cheveux noirs, peau couleur de désert, grain de velours ; il avait paru soudain gracile, enjôleur, un étranger, et ce fut la première et dernière fois que je lui vis cette faim-là. Lino Ventura m'adressa un clin d'œil égrillard. Toute cette joie serait de courte durée, mon épousée m'annonça assez vite qu'elle ne me suivrait pas en Belgique. Les femmes de sa famille s'étaient cotisées – on avait même cassé un PEL – et elle avait pu s'inscrire à l'école Camondo, boulevard Raspail à Paris. Comme E.T. dans le film, je lui avais dit *Viens* mais elle ne m'avait pas répondu *Reste,* comme Elliott. Mes rêves aussi ont le droit de vivre, avait-elle lâché, et nos chemins avaient bifurqué. Au commencement fut déjà la fin. Nous avions vingt-deux ans.

Je débarquai donc seul à Bruxelles en hiver. Les pavés étaient gelés, la place du Grand Sablon frissonnait. Au parc du Cinquantenaire, des joggeurs portaient des chapkas, des bonnets péruviens ; de leurs lèvres s'envolaient des nuages. C'était aussi beau que mélancolique. J'avais loué une chambre dans un hôtel minable, rue de Namur, car j'avais aussi à m'acquitter du loyer parisien. Je perdis du poids. Mes pommettes saillirent. Je me mis à ressembler à ma mère quand elle était désenchantée. Comme elle je fumais trop ; comme elle je voguais. J'étais un jeune marié esseulé. Un petit naufrage. Je me rappelle le restaurant Quick au bas de l'hôtel, où je passais toutes mes soirées en étudiant les bouquins de pub, gribouillant des idées, m'améliorant, et, lorsque la salle était vide, le responsable, un type de l'âge d'un grand frère, apportait souvent un cornet de frites, deux larges gobelets de Jupiler, s'asseyait à mon côté, Faut pas traîner comme ça, *menneke*, disait-il, t'as la tronche toute triste, trouve une fille qui a un *boentje* pour toi, allez, à la tienne, mais je n'évoquais pas ma femme à Paris, sa vie d'étudiante, son insouciance, évanescence, je souriais sans éclat, le remerciais pour la *pils* puis remontais un brin éméché dans la chambre, le silence, les draps humides.

Plus tard, à l'agence, les bras d'une femme s'ouvrirent. Pauvre bébé, murmura-t-elle. Elle était plus âgée que moi. Sa bouche était moelleuse, son souffle m'apaisait. Son corps était sans fin et ses noirceurs magnifiques. J'eus peur avec elle et j'aimai cette peur. Je découvris qu'il était un sexe hors l'amour, et que celui-là était une vengeance.

Je regarde ce corps qu'elle a touché il y a bientôt quarante ans et qui est le mien. Ce corps alors vif qu'elle a incendié.

Je pense à tout ce qu'elle lui a fait et que j'ignorais qu'on puisse lui faire. Il n'en a gardé aucune trace visible. Aucune empreinte. Juste un frisson, ailleurs ; dans la tête. Le coton des souvenirs.

La chair meurt quand on ne la touche pas. Elle n'est qu'une barbaque lorsqu'elle ne jouit pas. Alors je ferme les yeux pour voir à nouveau et à nouveau je distingue ses dents qui mordent la nuit, sa nuque qui se perle d'eau ; toute sa peau qui danse. Et dans le boucan de l'attendrissement de nos chairs il me semble même encore entendre ses mots qui m'effrayaient et me fascinaient à la fois.

J'ai parlé d'elle dans mon premier roman.

Je lui ai inventé un nom. Je lui ai donné un parfum. Des répliques. Je lui ai dit que je l'aimais et l'ai fait éclater de rire et j'ai aussitôt eu envie de l'étrangler à cause de ce rire. Puis elle a cessé de rire et m'a dit Tu confonds l'amour et le sexe, *bébé.* Ne me dis pas que tu m'aimes, ça me blesse. Tu as ta femme pour ça. Va-t'en maintenant.

Et j'avais disparu dans la nuit.

J'avais rejoint ma petite voiture garée non loin de chez elle, chaussée d'Alsemberg. Je m'y étais installé. La froidure avait saisi l'humidité sur le pare-brise. L'essuie-glace faisait un bruit de rabot émoussé. Je n'avais pas démarré. Pas tout de suite. J'avais porté mes doigts à mon visage, ils avaient le goût de son ventre. Déjà, je voulais y retourner. Me noyer. Me brûler. Va-t'en maintenant, m'avait-elle cinglé. Le sexe semble un manque et l'amour un tourment. Ceux qui vous aiment peuvent vous trahir. Ne pas vous suivre à Bruxelles. Ils peuvent vivre sans vous.

Le principal dommage collatéral de ce qui a été pris à mon corps d'enfant est d'avoir fait de moi un adulte handicapé de l'amour – ce mot girouette.

Elle me rejoignit l'été suivant.

Elle n'aimait plus ses études. Elle abandonna ses rêves d'architecture intérieure pour nourrir ceux plus gloutons et plus incertains encore de comédienne ; trouva une formation au Théâtre Royal des Galeries, sis dans les magnifiques Galeries Royales Saint-Hubert dessinées par Cluysenaar, au cœur de Bruxelles, à dix minutes à pied du grand appartement que nous venions de louer, rue du Fossé-aux-Loups. Les cours avaient lieu le soir. S'achevaient dans la nuit. S'ensuivaient des derniers verres à l'Ogenblik ou au Mokafé. Aussi ne la vis-je pas davantage que lorsqu'elle était parisienne. Seul, le soir, je lisais, me hasardais dans quelques contrées intimidantes : Gomez-Arcos et son bouleversant *Agneau carnivore*, Golding et *Sa Majesté des mouches*, Pons et ses *Saisons*, son ébouriffante *Rosa*, Selby Jr. et son *Démon* – dans *Last exit to Brooklyn*, l'histoire de sa pute Tralala me dévore encore. Après les livres aimables qui m'avaient sauvé dans mon enfance, ceux-ci semaient en moi les graines d'autres mots, plus graves que ceux qui nous nourrissaient alors. Les mots qui osaient la douleur.

Elle savait. Malgré la pierre d'alun, le vinaigre de cidre, l'odeur persistait sur mes doigts. Ne me salis pas, disait-elle. Ne me profane pas. Ma main n'effleura plus les endroits inflammables de sa peau et elle prit froid elle aussi.

Après des retrouvailles sans éclat, nous devînmes camarades. Souvent des rires. Quelquefois des moments de tendresse, comme des ivresses. Des éclairs de désir. Une lente envie d'enfant – même si aucun d'eux n'a jamais réparé le mal des hommes. J'ai un corps de mère, disait-elle. Regarde mes hanches larges, vois mes bras solides et douillets à la fois, sens mon souffle chaud, il possède un arôme de lait. J'ai un corps de fête. C'est alors en moi que l'enfant commença à germiner ; en moi qu'il traça un chemin de liesse : j'allais pouvoir façonner une enfance heureuse, une rose sans épines puisqu'on rêve toujours d'offrir ce qu'on n'a pas reçu. Nous ne faisions plus l'amour mais l'enfant, et la jouissance était nouvelle, brûlait d'autres parages. La naissance fut une réjouissance. Dès l'annonce, à 850 kilomètres de là, la grand-mère youyou sauta dans un train, débarqua gare du Midi où je l'accueillis un soir de juin. Elle trottina, essoufflée, jusqu'à la voiture. *Fissa ! Fissa !* Vite ! Vite ! Aussitôt à l'appartement, elle s'empressa de cuisiner la *mloukhiya*, de placer des petits morceaux de pain dans tous les coins de l'appartement pour y inviter les anges et d'attacher un fil rouge autour du berceau afin d'éloigner le mauvais œil. *Handak hayat va benti !* Longue vie à toi ma fille ! Dieu bénisse. Puis elle se posa enfin pour pleurer sa joie et louer le prénom du bébé qui signifiait « favorable » – par extension, « heureuse »,

« fortunée ». Ah, fortunée, soupira-t-elle. Plus tard, ma mère vint aussi. Un soir, nous bûmes ensemble du vin sur le balcon. En bas, la place de la Monnaie rougeoyait. Le murmure de la ville évoquait le grondement lointain de la mer. Tout était beau.

Elle me regarde. Je tiens ma fille dans les bras. Elle me dit Tu as encore l'air d'un enfant.

À l'agence, je redoublai d'énergie. Mes campagnes avaient de la gueule. Je décrochai mes premiers Prix publicitaires. On m'augmenta. On tenta de me débaucher. Une carrière de rêve s'offrait à moi dans cette ville que j'aimais. Où deux langues cohabitaient encore paisiblement. Où l'Atomium de l'Exposition universelle de 1958 rappelait les années d'or. Et où cette inoubliable soirée de bêtise et de violence au Heysel, le 29 mai 1985, finale d'Europe des clubs champions, Liverpool-Juventus – 39 morts, 454 blessés –, souda à l'aube des milliers d'hommes et de femmes en un même fleuve de chagrin. Dans cette nuit pourpre, tandis que l'armée raccompagnait séparément les supporters anglais aux bateaux, les Italiens aux frontières, j'écrivis un texte – perdu depuis. Les mots avaient jailli. Ils n'avaient plus aucune pudeur, plus aucune délicatesse, c'étaient les mots de la fièvre. J'avais vu des hommes en broyer d'autres, des corps s'échapper d'eux-mêmes, la pisse assombrir les pantalons ; des visages, des joues, des lèvres, écrabouillés contre un grillage, pressés comme des fruits. L'horreur pouvait donc s'écrire. J'avais repensé aux images des corps algériens dans le livre caché au grenier. À mon père, là-bas, dans le Chott Ech Chergui, les hautes plaines algériennes, la bouche desséchée à cause de la levêche qui fouettait. Au mal qu'il avait peut-être fait. Il avait alors le même âge que moi. Avait-il aussi les mêmes cicatrices ? Les mêmes envies de chute ? Peut-être suis-je devenu écrivain cette nuit-là ; et que tout ce que j'ai écrit depuis était pour me mener à ce livre-ci.

Mais je n'écrivais pas encore. Je veux dire que je ne m'étais pas encore mis à me piocher le ventre.

Après deux années de bohème bruxelloise, d'innombrables cours de théâtre qui débouchaient sur pas grand-chose, n'étaient-ce quelques auditions polies, l'éloignement de sa famille grenobloise et surtout l'absence d'honnêtes amis achevèrent de convaincre ma femme que Bruxelles était trop petite pour la vie dont elle rêvait. Nous retournâmes donc à Paris. Le temps de trouver un appartement, ma grand-mère maternelle me loua celui qu'elle possédait au bas de l'avenue de la Grande Armée, fort cher d'ailleurs, au titre que Ah, mais c'est qu'on raconte que ça paye bien la réclame. Les années suivantes, elle le mettra gracieusement à la disposition d'un de mes cousins et j'ai, depuis cette inexplicable injustice, une indéfectible amitié pour le malicieux Mosca qui, dans la pièce de Ben Jonson, parvient à filouter Volpone le filou, le prince de la cupidité.

Notre fille venait d'avoir un an. Un épi blond. Elle marchait avec assurance, gambadait presque. Et lorsque je croisais mon reflet dans les vitres des cafés, il ne me semblait toujours pas avoir la silhouette d'un père.

Je finis par trouver un travail dans une agence de publicité américaine, île de la Jatte, tandis que ma femme s'en fut allégrement au cours Florent, île Saint-Louis, certaine d'un jour décrocher une Merteuil, une Phèdre, une Macha ; d'un jour déclamer les mots éternels et bientôt saluer sous les applaudissements. À la gloire le talent malheureusement ne suffit pas ; il lui faut aussi votre âme, toute votre tripaille. De mon côté, mes mots faisaient le bonheur du lait Gloria, des cigarillos Wintermans, des bonbons Lutti, de Charles Jourdan et d'autres. Comme à Bruxelles, je décrochai des récompenses. Quelques œillades charmantes. Quelques peaux. Mais rien ne s'approcha jamais du brasier de la chaussée d'Alsemberg.

Les théâtreux papillonnaient. Ah, les saltimbanques. Ils dédaignaient mes mots de publicitaire mais les sanctifiaient dès lors qu'ils se transformaient en vin qui coule à flots. En pains de mie. Pistaches. Poulets grillés. Jambons crus. Fraises, framboises. Alcools dorés. Chaque soir, ils venaient *répéter* chez nous puis soudain, petites oies gavées, sans prévenir, dans un mouvement de troupe, ils repartaient ensemble sillonner les rues de nuit, déclamer et goualer jusqu'à l'île Saint-Louis. Ils étaient une guirlande de bal. Je me retrouvais avec ma fille. Le bain. Le repas. L'histoire. Le câlin. Maman est au théâtre, ma chérie. Puis je m'attaquais à la vaisselle, vidais les cendriers, ramassais les éclats de verre, couvrais les taches de vin – farine sur la laine, sel sur le tapis –, rangeais, aérais et, lorsque tout avait retrouvé sa place, je me posais enfin dans le canapé cabossé et tant pis si le velours usé démangeait la peau. Je restais dans le noir à fumer, écouter Mahler. Ma tristesse était longue, ancienne. Je pensais à ma mère qui elle aussi fumait dans le noir, pleurait, je crois, ne me parlait pas, ne me disait pas d'où venaient mes nausées.

Je suis aussi l'enfant de ce silence.

Et voilà que les théâtreux un soir avinés m'encouragèrent à écrire pour eux une pièce qu'ils pourraient monter, avec elle peut-être connaître la gloire, au moins l'espoir. Je restai prudent. Ma femme insista. Ne sois pas égoïste, dit-elle. Je me mis alors à lire Beckett, Anouilh, Claudel, Salacrou. Plus tard, dans les heures obscures du soir, je me lançai avec fébrilité dans l'écriture d'une pièce de théâtre. Mes mots se levaient.

Des quatre, j'avais préféré Beckett.

Également à cause de sa tronche, capturée par l'objectif de John Minihan. Nez d'aigle, gueule de rapace, peau parcheminée. Des rides comme des phrases sans ponctuation, poétiques et douloureuses. Des cheveux comme des plumes. Un regard acéré. Ténébreux en diable. Et cette discrète gourmandise dans la bouche ; comme une menace, ou un sourire prêt à se rompre. J'aimais ce visage de beauté et de déchirements. Il semblait prévenir le monde de son monde à lui. Je m'étais plus tard demandé, aux heures où je commençais à écrire, si j'avais moi aussi la gueule de l'emploi. Si ma souffrance était visible ou si la prudence de mes premiers écrits l'avait tout à fait escamotée ; si je m'étais, derrière l'eau d'une apparente politesse, protégé du feu. Lorsque je présentai mon texte aux théâtreux qui désormais venaient deux ou trois fois par semaine faire bombance, ils furent unanimement déçus. À l'instant même où ils partirent, ma femme fila dans notre chambre. Claqua la porte. Je m'effondrai dans le canapé râpé, attrapai une bouteille de rouge. J'avais écrit l'histoire de deux amis qui fuient l'arrivée des villes. Elles s'approchent toujours plus près ; comme une coulée de boue ravagent tout sur leur passage. Une métaphore de l'âge adulte auquel on ne peut se dérober. Nostalgie de l'enfance. Du corps de guingois. De la vie provisoire. Mon erreur avait été d'avoir écrit un dialogue pour deux personnages. Ils étaient douze à espérer un rôle. Ma première tentative d'auteur fut donc un bide. Je déchirai sans rage, délicatement même, la trentaine de feuillets manuscrits et m'en retournai dans mon bureau de l'île de la Jatte rédiger face à un petit bras de Seine des mots pétillants pour Schweppes, velus pour Range Rover, lesquels étaient ici appréciés à leur juste valeur. Plus tard, j'écrivis un film pour Apple qui ne passa pas inaperçu. On supposa alors que j'avais assez de talent pour en donner aux autres et on me nomma directeur de création. J'avais vingt-neuf ans. J'allais diriger des créatifs de l'âge de mon père. La veille de commencer, forcément, je vomis.

Mon salaire ayant doublé, ma femme se mit à la recherche d'une maison, où nos deux filles – Mon ventre est dessiné pour une tribu, murmurait-elle – s'épanouiraient davantage que dans les quarante-cinq mètres carrés de l'appartement que nous louions depuis plus d'un an, rue Pouchet, dans ce qu'on appelait alors « le mauvais dix-septième » ; deux étages au-dessus d'un marchand de vin qui en buvait davantage qu'il n'en vendait. Et voilà qu'elle en dénicha une, aimable et campagnarde. Dans son annonce roublarde, l'agent immobilier avait précisé « ancien presbytère » et c'est cette idée de presbytère, le mot même d'ailleurs, qui la charma, elle, en ce temps lectrice fervente, voire idolâtre, de Colette. Le mot résonna aussitôt en elle et lui fit déjà imaginer un jardin comme celui de la Treille Muscate que la romancière possédait à la Baie des Canebiers, à Saint-Tropez. J'en fus donc à m'endetter pour quinze ans mais surtout à passer les dix années suivantes enfermé chaque matin pendant deux heures dans ma voiture à cause des bouchons qui se formaient sur l'autoroute A15 dès Pierrelaye, car on ne dégote pas un ancien presbytère sur l'île de la Jatte ou au cœur de Paris, mais un peu plus loin, dans le bucolique Vexin. Nous y vécûmes une décennie, le temps de deux autres enfants, Féconde-moi, disait ma femme, j'aime ce poids de mère, j'aime être lourde. Le temps d'innombrables fêtes aussi ; les théâtreux s'organisaient, venaient en train puis couvraient à pied les trois kilomètres qui nous séparaient de la gare de Santeuil-Le Perchay ; ou en voiture lorsque l'un d'entre eux avait la chance d'en posséder une. J'en vis une fois sept s'extirper d'une Peugeot 205, chiffonnés et rieurs, et il n'était pas rare qu'épuisés d'alcool, certains dorment sur place. Notre maison sortait d'une chanson de Le Forestier. Alentour, il y avait le silence, les guêpes et les nids des oiseaux de Nino Ferrer. Elle était ma première maison et j'en étais fier. Mon père n'y vint jamais.

Je regarde mes mains.

Bien qu'ils soient plus fins, plus longs, il me semble certains jours que mes doigts ressemblent aux siens. Je m'empresse aussitôt de les dissimuler sous la longueur d'une manche. Ou de les planquer au fond de mes poches. Ces jours-là, je ne peux plus les approcher de moi ; de ma peau. Remettre une mèche en place. Ajuster mes lunettes. Porter à ma bouche un fruit. Je ne peux plus effleurer quelqu'un. Serrer une main. Toucher.

J'ai depuis l'enfance toujours fort mal tenu mes crayons et ils ont déformé mes doigts. J'ai plus tard soigneusement entretenu mes durillons d'écrivain. J'attends maintenant que l'arthrite les torde. Qu'elle les différencie à jamais des siens.

Avenue de Verdun. La maison avait longtemps appartenu à mes grands-parents, puis, lorsque mon père s'était marié, ils la lui avaient offerte. Il avait vingt-sept ans, ma mère vingt-deux – trop grande demeure pour une gamine mais pas le droit de se plaindre. Plus tard, lorsqu'elle avait voulu changer les papiers peints datés, les voilages à rehausse, la marque de cire pour l'escalier, il avait refusé. Elle sera patiente ; mettra des années à gommer les présences fantomatiques, pouvoir remplacer une petite table ici, un rideau là, choisir une couleur plus fraîche pour la cage d'escalier. Sa prison finira par s'égayer.

Dès ma naissance, on m'installa dans la chambre qu'avait occupée mon père enfant. Il y avait un lavabo dans un coin, une cheminée condamnée, un parquet d'épines. Elle donnait sur l'avenue, et la nuit, à travers les interstices de la persienne, les phares des automobiles dessinaient des formes éphémères au plafond. J'y voyais parfois une bouche. Un animal. Un arbre. Des yeux. J'ai raconté ces ombres mais mes dessins ont disparu. Récemment, alors que je venais de finir d'écrire *Mon Père*, ce roman qui m'a laissé en vrac, qui m'a dénudé, m'est revenu que je hais cette chambre, les paréidolies et les menaces ; que je hais décembre et le froid ; dégueule le polyester du pyjama de mon père, sa peau blafarde ; que je vomis les guirlandes, l'allégresse de Noël et ma nausée qui y a pris sa source. Depuis, quelle que soit la chambre, je dors invariablement face au mur. Recroquevillé. Minuscule. Vers l'âge de neuf ans je crois, j'obtiendrai de changer pour la chambre du grenier. Elle comptait une petite fenêtre de toit que n'atteignaient pas les phares des automobiles ainsi qu'un large appui intérieur sur lequel je grimperai très souvent. Je m'y calerai avec mon oreiller. Il sera mon endroit préféré d'où je regarderai l'avenue en bas jusqu'à l'étourdissement. Je verrai mon corps voler avant de s'écraser sur le toit de notre Ford Anglia. Je saluerai parfois le soir une silhouette d'enfant dans la maison en face du docteur, mais elle ne me rendra jamais mon salut. Je haïrai ces hommes qui viendront raser les cinquante et un platanes à l'été 1969 et rendront l'avenue chauve, laide à jamais. L'année suivante on m'enverra en pension et c'en sera fini pour moi de cette maison. Je n'y passerai plus qu'en touriste. J'avais dix ans. Commenceront alors le Valium et le Mogadon. Continueront mêmement ces douleurs au ventre qui dureront cinquante-cinq ans – presque le temps de ma vie et le soir tombe si vite.

Pourquoi notre père vivait-il si peu avec nous ? Il repartait aussitôt le dîner terminé. Il pliait sa serviette, se levait, Je vais au bureau, disait-il ; dans une élégante désinvolture, ma mère haussait les épaules et à l'instant où claquait la porte de l'entrée, elle poussait un long soupir, attrapait une menthol. J'adorais faire flamber ses allumettes ; qu'elle se penche vers moi pour avoir du feu. Filez dans vos chambres, disait-elle, je rangerai. Mon frère et ma sœur disparaissaient, mais moi, l'aîné, je restais. Je bravais ; voulais savoir pourquoi, à propos de papa. Elle répondait C'est mieux comme ça. Je lui demandais s'il nous aimait. La fumée de ses Royale bâillonnait toujours sa réponse. Il ne nous aime pas, c'est ça, maman ? Et brusquement elle changeait de ton. Je n'ai pas à te répondre. Et puis tu es trop curieux. Allez, monte. Alors elle se levait à son tour, emportait ses cigarettes, parfois son verre de bière, et s'enfermait au salon qui donnait sur le jardin. La proue d'un bateau immobile – mais même l'inertie emporte les navires. Dans la cuisine où je m'attardais, je faisais sans bruit une partie de la vaisselle. Je voulais être digne d'elle.

Mon enfance a un visage méconnaissable. Je possède très peu de photographies d'elle. Sur l'une je ris et je ne savais pas que je savais rire. Sur une autre, je saute en l'air et j'ignorais que je savais sauter. Sur une troisième il me semble être heureux avec des camarades autour d'un feu, lors d'un camp de louveteaux, mais je ne me rappelais pas avoir été près d'un feu, dans un camp de louveteaux.

Il n'en existe aucune où je suis avec lui. Mon enfance a eu la mémoire essartée.

Quarante ans plus tard, dans le portrait qu'il fera de moi pour *Libération*, le journaliste Édouard Launet écrira – en substance : « Il y a un enfant mort chez Delacourt et cet enfant c'est lui. » Cette phrase me cassera la gueule. Je pleurerai en reposant le journal.

Sur les photos, je ne verrai plus jamais l'enfant qui rit, celui qui saute ; je ne verrai plus que l'autre, l'enfant mort, et n'aurai de cesse que de le retrouver. Pour le réparer.

Il me semblait alors avoir deux vies. L'une à Paris, dans cette décennie où la publicité flamboyait encore. On faisait parler des singes. On crachait dans son yaourt. On poussait « le bouchon un peu trop loin, Maurice ». Dans les salles de cinéma, le public se bidonnait avec nos films de vingt ou trente secondes. Je dirigeais des créatifs doués. Nous gagnions des budgets, récoltions des Prix, partagions des fêtes, du vin, du gin. C'étaient les années Jon Secada, Poison, Nirvana. Ma tête tournait. Je vivais les vingt ans que je n'avais pas eus. Je m'égarais dans la foule de Piaf, sa joyeuse farandole qui s'élance et qui danse et mon corps enlacé parfois s'envolait. Mes doigts cherchaient à retrouver la chair, les odeurs de la chaussée d'Alsemberg. Ce sexe qui est une vengeance. Parce qu'on est seul. Parce qu'on grelotte. Parce que quelque chose en vous a été détraqué et qu'on vous a laissé cette violence-là. Ce chien de compagnie. Et, petit à petit, le chien, c'est vous. Puis je regagnais l'autre vie, à cinquante kilomètres : le Vexin pastoral, le presbytère face à la modeste église de style roman et gothique primitif. Ici aussi les théâtreux et les réjouissances, l'épicier du village voisin qui se frottait les mains lorsqu'il m'apercevait au loin, le boucher qui ajoutait parfois à la commande un saucisson maison ou une terrine. Ma femme recueillit un jour l'un d'entre eux – corps empâté, l'acteur, voix éteinte. Sa propre femme l'avait quitté peu de temps auparavant, au lendemain de leur mariage ; elle s'était enfuie à motocyclette avec un invité à la crinière blonde, joli garçon, un faux air de Tragicomix. L'inconsolable s'installa, ne se levait qu'une fois que j'étais parti. Le réfrigérateur était sa corne d'abondance, mes disques les siens, mes livres ses lectures, ma femme bientôt la sienne. Il regardait avec nous le soir la télévision, vautré sur le canapé, sirotant cognac ou whisky en débagoulant son malheur. Je priai ma femme de nous débarrasser de son ami. Tu es tellement égoïste, Grégoire, dit-elle, tellement. Le jour où notre seconde fille a prononcé son vrai premier mot d'être humain en le regardant, lui, le coucou, et que ce mot fut « papa », alors c'est moi qui l'ai fichu dehors.

Elle attendait son heure. Son nom en haut de l'affiche. Et la voici l'été suivant qui s'apprêtait à jouer en Avignon le personnage de Monique dans *Suzanna Andler* de Duras. À l'annonce de cette nouvelle, la grand-mère ulula, frappa dans ses mains comme une petite fille, se fit une beauté chez le coiffeur et me demanda de l'emmener au théâtre. Sur l'autoroute A7, pressée qu'elle était d'assister au triomphe de sa petite-fille, elle me suggéra de rouler un peu plus vite. Je poussai alors gaiement le moteur de mon Autobianchi, trop vigoureusement semble-t-il puisqu'on entendit un bruit d'explosion, suivi d'une aveuglante fumée. Nous venions de passer Roquemaure.

Je passe la gêne. L'attente de la dépanneuse. La location d'un autre véhicule. Et les reproches de la grand-mère. Tu aurais pu nous tuer. On va être en retard. *Yiheyi. Yiheyi.* Nous arrivâmes juste à temps. Quand elle apparut enfin sur scène, la grand-mère se bâillonna la bouche avec le poing pour ne pas youyouter tandis que je contemplais cette autre femme qui était la mienne ; je découvris sa jouissance insoupçonnable à jouer, sa voix détimbrée, la chorégraphie nouvelle de sa chair et mesurai avec mélancolie tout ce que j'avais raté d'elle ; tout ce à quoi je m'étais aveuglé. Elle était belle avec les autres, elle était désirable ; on se bousculait, on crânait. Je restai deux jours, le temps que soit réparée la voiture, et disparus – m'enfuis serait plus juste. Huit heures de route jusqu'à notre village. Arrivée de nuit, ombres de bêtes dans les champs, tout un peuple ici s'éveillait et dansait. Dans la grande maison vide et sombre, bien qu'épuisé je n'avais pas trouvé le sommeil. J'avais bu en écoutant Mahler trop fort. J'avais déambulé, titubé. Je m'étais vu assis dans ce salon, allongé dans cette chambre, cheminant dans ce jardin obscur – exactement comme j'aurais regardé un personnage de film. Je me voyais sourire pour camoufler mes tourments, fumer et boire trop, trouver l'ivresse qui étourdit. Je cherchais encore et toujours une chute. M'écraser sur la Ford Anglia, avenue de Verdun. Contre un rail de sécurité, à cheval sur ma puissante Triumph. La tête décapitée. Elle vole. Roule dans le casque sur le bas-côté. Un ballon rouge. Je me vis rire et me mis à rire aussi. Des larmes s'en mêlèrent. C'était mon besoin d'aimer qui se réveillait. Mon absolue incapacité d'aimer. Car aimer c'est aussi faire mal. C'est détruire. Ruiner. Voilà ce que mon père m'a légué, ce que mon corps de marmot a enseveli ; ce que mes livres un jour finiront par essoucher.

Mais j'ai d'abord écrit un film. Court. Quatorze minutes. Il a pour titre *On ne se refait pas* (1995) et raconte l'histoire d'un garçon de dix ans qui va se rencontrer à l'âge de trente-cinq. Il va se demander des comptes. Vérifier par lui-même que ses rêves d'enfant se sont bien réalisés. Brigitte Bardot, par exemple. Ah, son mambo chez Vadim. Certes elle était plus âgée que lui, et alors ? Il s'était promis de l'épouser. Et voici qu'il se découvre marié à une inconnue. Brune. Pas vilaine. Mais brune. Et le voilà propriétaire d'une modeste Renault 5 alors qu'il avait tant rêvé d'une SM Maserati. Et ce métier, marchand de couleurs ! Quelle idée ! Il voulait être peintre. C'est perdre tant que grandir. Et maman ? Qu'est-ce qu'elle est devenue, maman ? se demande-t-il. Mais il ne veut pas se faire de peine. Elle va bien, se ment-il, elle va bien.

J'avais tellement aimé cette histoire que j'avais décidé de la réaliser. Ce fut une expérience merveilleuse. Je me souviens que le chef opérateur avait pour nom Gentil. Un signe. Le film fut sélectionné dans plusieurs festivals de courts-métrages. Il glana même quelques récompenses. Cinq ans plus tard, *Sale môme* de John Turteltaub présentera avec lui de troublantes similitudes mais qu'est-ce que tu veux, m'a dit ma productrice, on ne va quand même pas s'attaquer à Disney.

Pour la première fois, j'avais écrit pour moi, osé la fiction, ce mensonge qui dit la vérité, en racontant une enfance qui ne se réalise pas.

À trente-cinq ans, j'étais cet homme de travers, tordu, vrillé ; un corps de Giacometti, une souffrance qui marche. *On ne se refait pas* anticipait, je l'ai compris depuis, ce qui un jour motiverait mon chemin d'écrivain. Présenter à l'adulte que je suis devenu l'enfant que je fus.

Je regarde ce corps et je pense au mal que je lui ai fait.

Aux lames, aux trombones qui entaillent. Aux Gitanes sans filtre, les mêmes que lui, *bien sûr* ; puis les Celtiques, les Boyards. Au Coq Hardi. À la Jenlain. Au Sidi Brahim les années de dèche. Vins plus élégants plus tard. Aux alcools méchants. Mélanges. Valium. Mogadon. Aux Aspro qui adhéraient à la paroi de l'œsophage ; les doigts dans la bouche pour tenter de les décoller. La gerbe. Trichlo jusqu'à la nausée. L'évanouissement. La honte de soi. Je pense à ma mère qui vint un jour me chercher au grenier pour me dire que nous passions à table. Je ne l'avais pas entendue m'appeler. J'étais vautré sur mon lit – une sorte de pierre tombale. Émanations d'éthylène dans la chambre, qui devaient saisir à la gorge, pourtant elle fit celle qui ne remarquait rien. On passe à table, répéta-t-elle doucement. Elle ne m'en parlera jamais. Le déni est une façon de survivre. Douloureuse. Un mensonge à soi-même. Ma mère ne voulait pas risquer d'entrouvrir une porte. Laisser passer un rai de lumière. L'enfouissement de mon agression était une chance pour elle. Le silence maintenait la paix.

Je regarde ce corps si longtemps rempli de boue. Carbonex. Solfax. Amitiza. Rien n'y fit. Mon corps m'empoisonna pendant cinquante ans. Il commencera à s'alléger quand j'écrirai *Mon Père*, mon huitième roman. Alors seulement, je ferai connaissance avec ce corps délivré.

J'ai commencé à l'écrire le jour où il a été question de commencer à guérir parce que ma souffrance devenait contagieuse. Le jour même où j'ai vu ce psy qui porte le nom d'un oiseau. Les mots que je lâchais sur le divan se télescopaient avec ceux de mon livre, parfois s'y cognaient ; le livre se disait, la parole s'écrivait.

J'ai accouché de *Mon Père* le corps étendu sur un velours pelé, les mains dans les larmes.

Un huis clos entre un père et le prêtre présumé violeur de son fils de dix ans, Benjamin.

Je viens d'en relire les corrections. L'éditeur va les faire suivre à la composition et le texte me reviendra dans quelques jours, parfaitement calibré, impeccablement paginé. J'aurai droit à quelques ultimes modifications, puis le livre sera fabriqué, la jaquette imprimée et mise en place – j'ai choisi la photographie d'un enfant taciturne, assis à l'arrière d'une voiture, sa tête est appuyée contre la vitre perlée d'eau de pluie. Des palettes de bouquins seront ensuite hissées à bord d'un camion, livrées à un centre de distribution. Dans les jours qui suivront, des camionnettes sillonneront la France pour apporter le livre aux libraires selon ce qu'ils en auront commandé, selon leur intérêt pour le texte ou leurs espérances de ventes et, le 20 février, jour de la sainte Aimée mais surtout au cœur des vacances scolaires des zones A et B et trois jours avant celles de la zone C, *Mon Père* sera enfin en librairie. On croisera alors tous les doigts pour qu'il n'y ait pas d'actualité trop bruyante, de grève assassine pour les livres, comme cela arriva pendant trois mois au printemps dernier avec la SNCF, ou un nouveau scandale politique qui engluerait les gens devant leurs écrans. Puis viendront, ou pas, les premières critiques, les premiers chiffres de vente, les désillusions ou la joie, et la messe sera dite.

Je penserai alors à ce qu'écrivait Anise Koltz à propos de ses poèmes : « Derrière chaque parole ils installent des silences comme des sorties de secours. » Cette phrase est jumelle de mes romans car *Mon Père* n'est pas qu'un livre, mais l'histoire de ce qu'à jamais un livre peut changer à la nôtre.

Les conditions de leur divorce autorisèrent ma mère à occuper dix années encore la maison de l'avenue de Verdun. Après, dehors. De son côté, mon père était retourné vivre chez ses parents avant de s'installer plus tard à quatre cents mètres de chez nous, cinq minutes à peine de marche par la rue Milhomme, le temps d'une clope, dans le grand appartement froufrouteux d'une autre. Une secrétaire. Mais elle préférait qu'on dise assistante, si cela ne vous ennuie pas. Elle travaillait à la médecine du travail et je ne sais pas comment on rencontre une assistante qui travaille à la médecine du travail. Peut-être à l'occasion de la constitution d'un dossier médical. Peut-être quand elle vient dans votre grand magasin acheter des coupons ou des galons. Je ne sais pas non plus ce qu'on se dit, quelle est la façon dont on se regarde, quelle parade nuptiale. Je sais juste que mon père, le diable, portait alors encore beau avec sa longue, élégante silhouette, teint clair, cheveux foncés, légèrement ondulés qui lui vaudront un jour le sobriquet de « Poussin frisé », et ses yeux verts – de l'éclat de ceux d'un chat, avait estimé ma mère avant de s'empresser d'ajouter Mais je n'aimais pas quand il me regardait dans le noir ; une apparente douceur se dégageait de lui, presque un charme ; parfois une vénénosité. Quant à elle, héritière de son grand appartement, elle était célibataire, avait une gourmande propension à l'embonpoint, bavarde et joyeuse, bridgeuse et bonne perdante. La provinciale splendide. Une jeune vieille fille, avait caricaturé ma mère, mais derrière sa raillerie avait pointé me semblait-il une note mélancolique, avant de préciser qu'on jasait en ville sur ses minauderies et ses rougeurs quand elle parlait de mon père, sur ses exigences chez le coiffeur de la rue Pilette, ou chez Posak, ou Styl'Tonic, ma mère ne savait plus. Il nous retrancha de lui et je ne le vis plus que rarement. Quant à l'assistante devenue sa femme, je ne la rencontrerai vraiment que bien plus tard, lorsqu'il commencera à mourir. Et ne découvrirai sa famille clandestine qu'au jour ensoleillé de ses funérailles.

Ma mère resta seule et il m'apparut qu'elle avait vieilli. Le chagrin creuse. Affame. Je l'avais encouragée à trouver quelqu'un, et si elle frissonna une ou deux fois à l'approche d'un homme, elle finit par préférer le froid. Elle m'avoua un jour, sans amertume : Je serais incapable d'être nue devant un homme. Il y a trop longtemps maintenant. Le sujet avait été clos et j'avais eu envie d'écrire cela : « Je serais incapable d'être nue devant un homme, il y a trop longtemps maintenant » et d'en faire un de ces quatre la première phrase d'un livre sur elle. Mais Dieu qu'il est difficile le livre sur la mère.

Les dix années passèrent vite. Elle se retrouva dehors. Dénicha à Croix (59), non loin de chez notre sœur, un appartement de location plus petit que le salon où elle avait passé une si longue partie de sa vie avec ses Royale à la menthe, parfois des bières, Valstar, 33 Export, et toujours le roman autobiographique de Marie Cardinal qui l'avait renforcée dans son choix d'une psychanalyse. C'était un exemplaire abîmé, cogné, recollé, parce que mon père jugeait que c'était un torchon et qu'il l'envoyait parfois valdinguer. Enfumage, disait-il, escroquerie. Pourtant, elle avait aimé mon père. Un petit amour fou. Elle aurait tout osé pour lui – Bonnie Parker, s'il avait voulu être Clyde Barrow. Mais il eût pour cela fallu qu'il n'y eût pas d'enfants car c'est son cœur de mère qui finalement la consuma ; ce cœur millénaire qui irrigue les hommes et que les hommes ne peuvent s'empêcher d'assécher.

Enfin, sans prévenir personne, sans nous laisser le temps de récupérer quelques affaires, et parmi elles mes dessins de marmot qui auraient sans doute tout révélé à qui savait débrouiller, il vendit la maison pour une bouchée de pain, pressé qu'il était de s'en défaire, comme on jette une honte aux orties ; tout disparut dans une grosse benne un temps parquée devant le 9 de l'avenue, et les poignées bâton de maréchal en cuivre de la double porte d'entrée s'oxydèrent et prirent une méchante teinte vert-de-gris.

Drôle de couple, la comédienne et moi. Exactement comme un décor de théâtre. De l'orchestre, on aperçoit un beau jardin, une fontaine, une allée ombragée. On voit parfois une tablée, des gens heureux, des enfants qui dansent. Mais lorsqu'on le contourne, que l'on se retrouve dans les coulisses, alors on découvre les clous, la colle polymère, les contreforts en bois, les coulures de peinture, et la magie s'évanouit. Ainsi étions-nous. Un décor de théâtre. Nous nous étions mariés jeunes, adossés l'un à l'autre, sans doute pour fuir nos pères, contourner l'écrasement, et, puisque aujourd'hui beaucoup de désenchantements ont passé, je ne délivrerai à propos du sien que ceci. Lorsqu'elle l'avait appelé de la chambre suffocante de la maternité d'Ixelles pour lui annoncer qu'il était grand-père, que c'était une fille et que oui, elle était belle, il s'était aussitôt écrié J'arrive ! Je saute dans la voiture, je suis là dans huit heures. Elle lui avait dicté l'adresse puis elle l'avait attendu. Pendant des années. Et il est mort. À leur façon, nos deux pères étaient des meurtriers. De sacrés veinards aussi puisque nos corps de victimes bougeaient encore. C'est à l'intérieur qu'ils étaient crevés. Mais un cadavre dans un corps, ça ne compte pas. Ça n'obtient pas justice. Débattez-vous avec ça, les petits gars.

Nous avions quatre enfants et c'est finalement autour d'eux que nous fûmes le plus proches. Une affection profonde. Sincère. À croire qu'endosser le rôle de ceux qui nous avaient blessés nous liait. Il était là, notre mariage ; dans cette promesse tacite que la malédiction s'arrêterait avec nous. Nous étions jumeaux, je le rappelle. Frère et sœur de douleur, deux errances de bords de mer ; une sorte d'amour de survivants, probablement un peu égoïstes. Notre épopée sera un ratage magnifique. Et puis j'ai rencontré quelqu'un. Et puis encore quelqu'un.

Dans aucun de mes livres je n'ai vraiment parlé de lui. Il apparaît néanmoins dans *L'Écrivain de la famille*, mais de façon poétique puisque je lui dessine des ailes, et s'il y vit dans le silence, on entend son tumulte intérieur où grondent des menaces, parfois une musique de Chopin. Je l'ai fait voler puis chuter, s'écraser sur la pointe de la grille tordue d'un vasistas, comme la flèche d'un chasseur, sans que ses ailes aient jamais pu s'ouvrir. Voici mon frère.

Je l'ai effacé comme on gomme d'un livre un mot de trop. La cause de cet effacement est simple. La cause de la cause, moins.

Il est né 363 jours après moi et, si l'on peut supposer qu'il fut le fruit d'une nuit de vigueur, on doit également supposer que son arrivée déglingua les choses, me bannit prématurément du sein, du souffle de ma mère, des lianes de ses bras et, comme pour les jumeaux d'Isaac, fils d'Abraham, le cadet supplanta l'aîné. Je me retrouvai donc seul à l'âge de mes premiers pas. Peut-être me menèrent-ils jusqu'à mon père, l'homme de porcelaine que l'Algérie avait fêlé, l'homme qui ne riait plus. Me voici alors ce chiot qui mordille la chaussure de son maître, mendie une tendresse. Lorsque je pense à ce frère dont trois décennies de silence ont dans ma mémoire flouté le visage, peu de souvenirs affleurent. Moins de dix photos d'enfance nous réunissent – des noirs et blancs mats, bords crantés, sans date ni commentaire au dos. Et une seule autre, quinze ans plus tard, en couleur celle-ci, prise un jour de Noël chez une grand-mère, lui alors si grand au milieu de nous, impressionnant dans son uniforme bleu nuit de l'armée. Il avait trois mois plus tôt commencé son service militaire en Allemagne. Il était encore heureux. L'homme qui allait éclore serait merveilleux.

Après son retour, il n'y eut plus d'images. Le malheur fait les photos floues. Il reviendra mais ne sera plus là. Voilà qu'à mesure que j'écris sur lui, outre le souvenir de cet après-midi à écouter en boucle *Disillusion* en fumant nos premières Gallia, picolant des bières chouravées à la cuisine, deux autres instants refont surface et l'émotion me gagne.

Des vacances d'été. Arcachon ou La Baule. Des couleurs Kodachrome. Une grande maison de location. Les tantes fument, boivent beaucoup de Martini et parlent sans cesse. Ce sont des pies. Les hommes sont absents. Dans le jardin, les aiguilles de pin font un tapis qui pique les pieds, percent parfois la peau jusqu'au sang. Nous avons une dizaine d'années. Corps caramel malgré nos peaux claires. Je suis assis sur le torse nu de mon frère allongé au sol. Il se débat. Deux cousins l'immobilisent tandis que je verse dans sa bouche le contenu d'une salière. Ici peut-être, la cause de la cause. Ici peut-être la source. L'aveu de toute la violence. Du sel. Qui sale. Salit. Salir. Ai-je étouffé ses mots *sales* ce jour-là ? A-t-il dit des choses qui m'ont blessé au point que j'aie cherché à le salir à mon tour ? Brûler sa langue ? Avait-il compris pour notre père et moi ? Il étouffe. Nous le relâchons. Il se précipite alors vers les tantes. Vers notre mère qui n'a rien vu. Elle nettoie vaguement l'écume blanche de sa bouche, crie dans ma direction, mais je n'entends pas. Mon frère crache. Pleure. On le console. Je m'enfuis. Après, je ne sais plus.

Le second instant est muet. Comme un vieux film 8 mm, images griffées, parfois floues. Nous avons passé la vingtaine. Je sonne à la porte de notre maison avenue de Verdun que ma mère s'apprête à quitter et mon père à vider comme on éviscère une bête, mais c'est mon frère qui ouvre. Je ne l'ai pas vu depuis longtemps. Un frisson glacé me lacère aussitôt le dos. Son visage est informe. C'est une bouillie de chair. Des ecchymoses violettes. Une lèvre coupée. Une gueule de boxeur dans un film de boxeurs. Un type qui aurait pris toute la violence du monde sur la tronche. Il ne parle pas, ne sourit pas, n'explique rien. Je ne sais même pas si les têtes d'épingles de ses yeux me voient. J'aurais ce jour-là aimé être un frère.

Puis il chercha à me tuer.

Un soir de Nouvel An. Jalousie ? Ébriété ? Dépression ? Sans la présence de ma mère et de ma sœur qui se ruèrent sur lui pour nous séparer, le désaisir de mon corps, déplanter ses doigts puissants de mon cou, c'était l'asphyxie. Elles l'avaient empêché. Retenu. Pris des gnons. Leurs visages avaient été déchirés par l'effort. L'une d'elles avait réussi à entrouvrir la porte d'entrée. Livide, ma mère avait crié Sauve-toi ! J'étais parvenu à ramper sur le palier, m'enfuir, courir jusqu'à la voiture sur le parking brumeux et démarrer à tout berzingue. Mon cœur s'était plus tard calmé, alors que j'avais enfin rejoint l'autoroute, le silence, la chaleur traître de l'habitacle. Très peu de camions circulaient cette nuit-là. Quelques-uns étaient illuminés comme des sapins de Noël. À minuit pile j'avais klaxonné comme on hurle, Bonne année, les amis ! Mais aucun routier n'avait fait jouer les trompes chromées de son bahut pour me répondre. J'avais conduit très vite, à mon habitude. À plus de 180 il m'avait semblé voler. Comme mon frère avec ses ailes. Vers Compiègne, j'avais mis les essuie-glaces. Mais c'étaient mes yeux qui pleuraient.

Mon corps ne se laisse pas facilement toucher. Il peut aussitôt se mettre à flageoler. Un muscle à se tétaniser. Il devient alors ma lâcheté. Une partie de ma honte. Ma peau, elle, est restée un sable clair, presque blanc. Parfois, pendant l'amour, je peux encore ressentir une brûlure. Pratiquement une morsure. Elle se fripe désormais, et se ride, puisque le temps semble tout racornir, tout faire disparaître ; aussi je me demande pourquoi on touche encore un vieux corps si ce n'est pour y faire circuler le sang, le maintenir en vie. Quand on n'est plus touché, on meurt.

Mon corps ne porte que les traces du temps. Celles des coups résident à l'intérieur, tout comme ma douleur et ma colère. Elles s'y terrent depuis cet hiver 1965. Un hiver froid et blanc. On avait mesuré trente centimètres de neige à Lille. Mais je ne me rappelle aucun bonhomme, aucune boule de neige. Je n'ai vu que du feu, cet hiver-là.

Je rencontrai N.

Je crus qu'elle serait une rive et elle fut un pont. J'avais aimé son désir de moi. Aimé qu'elle chuchote à mon oreille cette phrase de Barbara « *Avant toi, il n'y avait pas d'avant* ». Avant toi, il n'y avait pas ton enfance violée, avant toi, il n'y avait pas les lames sur ta peau, il n'y avait pas ces pierres dans ton ventre. Avec elle j'avais été neuf, insoupçonné, dépouillé de mon histoire. N. était belle et mélancolique. Le corps sans arrogance. Un sourire qui éclairait le monde. Elle était une amante délicate. Elle était patiente. Elle m'attendait. Parfois, parce que pour elle le temps pressait, elle me parlait d'un enfant. Mais comment aurais-je pu l'envisager quand je m'apprêtais à en quitter quatre. Alors elle disait Juste l'enfant. Elle prenait mes mains. Sa voix était d'eau. Fais-moi juste l'enfant. Mon ventre s'enflammait. Certains soirs, je restais de longs moments assis dans ma voiture en bas de chez elle avant de rentrer dans le Vexin. On s'arrêtait parfois à ma hauteur. On me klaxonnait. Me demandait si je partais. Libérais la place. Sans voir que je tremblais, que j'étais désemparé. Je pensais à ma mère qui avait osé une psychanalyse à une époque où on la disait charlatan. Deux fois par semaine, à Lille. Mon père la querellait lorsqu'elle montait à bord de sa Dyane pour s'y rendre, qu'elle démarrait, déboîtait sans clignotant, sans un regard dans le rétroviseur, comme si elle rêvait qu'un trente-six-tonnes fou l'écrabouille au moment où elle s'engageait sur l'avenue et qu'il en soit fini de tout ce chagrin. Une bonne fois pour toutes. Je pensais à ma mère qui avait osé parler de ses pierres. Cherché à les moudre. Je me souviens qu'elle rentrait parfois de Lille en souriant, alors c'était la fête. Ces jours-là, nous avions une maman heureuse. Et nous préparions des knakis que nous carbonisions à la poêle, ou des crêpes, citron ou sucre. Et nous riions et nous dansions – les images où je ris encore viennent plausiblement de ces moments-là. Je décidai donc de consulter un psy mais il n'apporta aucune réponse concrète à mon dilemme. J'y découvris néanmoins que j'avais aimé la clandestinité. Qu'elle me rappelait celle de la chaussée d'Alsemberg. Les noirceurs. L'amoralité jouissive. J'y appris que j'avais toujours aimé *contre* et qu'il était temps d'aimer *pour*. Presque un an avait passé et je quittai N. Je fus pitoyable. J'avais posé sur la table du restaurant des mots misérables, adieu lamentable, explications foireuses. Elle resta élégante jusqu'au bout, et son dernier sourire en partant fut l'un des plus ravissants qu'elle m'offrit. Ce soir-là, je roulai à faible allure et regagnai tard le presbytère. Les enfants étaient dans leurs chambres. Ma femme m'attendait. Je me suis servi du vin. Elle m'a laissé boire un verre dans le silence. Puis un second. Mes yeux brillaient. Alors elle m'a demandé, d'une voix très triste, C'est pour nous que tu l'as quittée ? Et tous deux nous avons coulé.

Ma sœur rendit notre mère très belle. Je l'ai là, sous les yeux. Une photographie mate. La façon dont elle porte le bébé, assise, me fait penser au tableau florentin de Raphaël, *La Petite Madone Cowper*. Elle a vingt-sept ans. Ses cheveux sont courts, une mèche est lissée sur le front. Ses paupières sont baissées, satinées, tout comme ses lèvres entrouvertes. Elle semble pousser un soupir. C'est une béatitude. Peut-être amorce-t-elle un sourire – on ne sait pas. Elle est, à cette seconde précise, d'une très grande beauté, et j'en attribuai naïvement la raison à la venue à son monde de notre sœur alors qu'il y a mille autres raisons d'être belle. J'ignore qui a pris la photo. Elle prétendait ne pas s'en souvenir.

Ma sœur naquit en décembre 1965. L'hiver où il fit si froid dans le Nord. Où il neigea. Où une tache de sang se voyait de loin, juste avant d'être absorbée.

Cinquante-quatre ans plus tard, lors d'un salon du Livre, une dame âgée s'approche de moi. Elle sourit. Elle a connu mon père. Je me souviens bien, dit-elle, quand votre maman était à la maternité pour votre petite sœur. Votre frère, lui, était chez une amie de votre famille et votre papa et vous veniez dîner à la maison. Elle soupire. Je n'avais jamais vu un enfant comme vous, aussi… Elle cherche le mot. Le soupèse. Tourmenté.

— Et votre mère est rentrée de la maternité, m'encouragea le psy.

Et elle est rentrée, ai-je poursuivi, et elle a découvert que le gamin ne voulait plus qu'on le lave. Qu'on le touche. Qu'il vomissait parfois sans raison. Que sa peau était du gris d'un carton. Qu'il ne sautait plus. Ne riait plus. Bientôt, elle le surprit la nuit, assis sur son lit, endormi, en train de tourner sa tête de gauche à droite à une vitesse folle. Pendant des heures et des heures. Elle pleurait chaque fois en le serrant contre elle, en murmurant des mots paisibles, mais, même sanglée de ses bras, la petite tête de l'enfant continuait à toupiller. À dire non. Crier non. Le père se tint alors à distance. Silences, absences, portes closes. Il tenta de dissoudre sa disgrâce dans le vin mais s'y noya ; dans la prière – mais aux pécheurs Dieu préfère définitivement les vertueux –, aussi le médecin de famille finit-il par l'envoyer de nombreux mois soigner son mal ineffable dans une clinique discrète, quelque part dans le massif des Arves, en Savoie, et chaque nuit, tandis que ses enfants étaient enfin endormis, la jeune mère se réfugiait dans le salon pour y fumer des cigarettes à la menthe, les unes après les autres, jusqu'au dégoût. Elle prépara dans sa tête les valises pour s'enfuir. Trop lourdes pour une jeune femme seule avec trois petits, sans travail. Tout est incommode quand on est seul. Je me tus un instant. Poursuivez, m'invita le psy. Lorsque son époux revint, bruni, amaigri, taiseux, elle l'éloigna de l'enfant, et s'il les conduisait toujours sur leurs lieux de vacances, il n'y restait jamais. C'était leur accord. Un peu plus grand, elle l'inscrivit aux Louveteaux, chaque samedi. Puis ce furent les colonies de vacances chaque été et chaque hiver. À dix ans la pension, les jésuites, les retraites spirituelles à chaque long week-end de pont, la colline de

Taizé. Enfin les séjours linguistiques en Angleterre. Aimer, c'est parfois désunir. Émonder. Elle avait laissé le Mogadon corroder la mémoire du garçon. Le Valium. Plus tard le trichloréthylène. Elle ne le vit pas grandir, ne connut pas ses joies, ne calma plus ses peurs. Elle l'avait perdu pour qu'il puisse vivre. Elle ne l'eut plus jamais dans ses bras. Et l'enfant crut qu'elle ne l'aimait pas. Et je crus qu'elle ne m'aimait pas. C'est bien, aiguillonna le psy, continuez, vous êtes en train de retrouver votre mère. Je ne peux plus parler, docteur. J'ai besoin qu'on me prenne dans les bras maintenant. Qu'on me dise des merveilles.

Afin de nous donner une nouvelle chance, nous prîmes la décision de quitter notre grande maison du Vexin pour revenir à Paris. Nous avions trouvé un vaste et lumineux appartement à Bécon-les-Bruyères – un lieu-dit à cheval sur les communes d'Asnières, Bois-Colombes et Courbevoie. Les enfants étaient ravis d'échapper à notre petit village ennuyeux, de goûter enfin aux tourbillons de la ville, une nouvelle école, des amis peut-être ; la nouveauté est toujours joyeuse, comme une pochette-surprise avant qu'on ne l'ouvre, et le presbytère devint notre maison de week-end.

Après le tournage d'une centaine d'épisodes d'une série télévisée pour feu La Cinq où elle tenait l'un des rôles principaux, ma femme était retournée vers le théâtre. De mon côté, je poursuivais l'aventure de la pub. Réalisais même un second court-métrage, *Bleue* (7mn, 1997), avec la somptueuse Laura Morante. Un film en noir et blanc qui met en scène une femme en train de préparer un rôti. Rien de franchement excitant. Sauf que. À l'instant où elle se met à raconter en voix off le crime qu'elle a commis, les images banales de viande qu'elle coupe deviennent celles du corps poignardé, dépecé, dévoré. C'est une histoire d'amour qui a mal tourné, un désir univoque, une tragédie. Laura Morante mange un morceau de viande crue et ses dents soudain cisaillent nos chairs. Dévorer l'autre, c'est aussi l'aimer. Vouloir le garder. L'amour est insatiable. J'avais été une viande. *Bleue* fut sélectionné pour le festival de Clermont-Ferrand puis retiré au dernier moment à cause de sa « brutalité », m'apprit ma productrice. Je crois que les censeurs n'ont jamais été déchiquetés.

Ce fut une année heureuse. Ma femme voyagea deux fois à Boston où elle enregistra la quasi-totalité des mots du dictionnaire. À partir de cette manne, un programme informatique mis au point par une bande de gamins du MIT était capable de combiner des milliers de phrases, créant ainsi l'un des premiers répondeurs virtuels. Je lui avais fait la réflexion, pour peu que l'algorithme place les mots dans le bon ordre, qu'elle aurait finalement récité tous les rôles, Antigone, Armande, Dona Prouhèze, Fanny, Blanche DuBois et même Winnie, mais elle n'avait pas tenu ma remarque pour très élégante.

Elle avait tant aimé ses séjours à Boston qu'elle proposa que nous y passions tous quelques jours à Noël. À New York aussi, car c'est dit-on un vertige. J'eus à organiser le voyage, retour impératif le 31 décembre parce que, comme des millions de gens, elle craignait qu'à cause du changement de siècle, les ordinateurs ne se remettent à zéro, que les avions tombent, que tout s'écroule. Notre couple fut seul à s'effondrer.

C'est arrivé un dimanche alors que je vérifiais les ultimes corrections de *Mon Père*. Voilà quarante-huit heures que ma poitrine me semblait prise dans un étau et soudain la douleur avait été plus vive. Respirer était devenu difficile. J'avais attendu une amélioration – en vain. Alors, et bien que je ne sois pas d'une nature inquiète, mais là, si près du cœur, j'avais décidé de me rendre aux urgences de l'Hôpital américain, à Neuilly. Après quelques examens, il a été diagnostiqué un probable problème de reflux gastrique ; un clapet qui ne s'ouvrirait pas correctement. J'avais aussitôt pensé qu'il y avait là quelque chose que je n'avais toujours pas avalé, pas digéré, coincé depuis longtemps et que l'écriture de *Mon Père* avait réveillé. Tandis que je patientais dans une petite salle d'examen, mon poche de Virginia Reeves à portée de main, je sus que *Mon Père* n'était pas la fin mais le début. Que j'allais cette fois-ci devoir déterrer le *pourquoi*. Pourquoi ce sujet. Pourquoi mes nausées. Pourquoi mon incompétence au bonheur.

On ne peut pas se cacher de soi-même. Je me mis alors à couvrir de notes les nombreuses pages de garde du Reeves parce que je n'avais que cela comme papier. Mes doigts tremblaient de fatigue, d'excitation, de panique aussi. Les mots, presque illisibles, s'écoulaient comme une saignée. Et en moi je riais, et en moi je pleurais, et ma douleur venait au monde et je la serrais tout contre moi. L'obligation de ce livre-ci est née là, ce matin-là, dans cette salle d'hôpital, dans mon corps apetissé, couvert d'une blouse blanche, la longue aiguille de perfusion plongée dans mon poignet gauche. Puis une infirmière était entrée, a dit Tout va bien et j'ai dit Oui, bien qu'elle n'ait posé aucune question,

Oui, tout va bien, j'ai dit cela parce que le chagrin possède quelque chose d'effrayant et que je ne voulais pas l'apeurer. J'allais écrire *L'Enfant réparé* et c'était cela qui était effrayant.

II

Faire encore partie des hommes

Je regarde mon corps. Il est devenu mon sujet.

Je l'explore comme on dissèque un cadavre. J'effleure sa peau claire. Je cherche une marque. Je ne me souviens pas où il a été entamé.

La douceur moite des doigts de l'autre est une anesthésie.

J'aurais préféré des griffes. J'aurais alors pu crier. J'aurais pu repousser. Me défendre. J'aurais pu choisir de mourir.

J'ai souffert sans raison presque l'intervalle d'une vie.

Le médecin de famille ne soupçonnait rien. Énergie bouillonnante, bafouillait-il toujours. Alors un premier psy, alors le nitrazépam et le diazépam – substances chimiques qui peuvent « provoquer une idéation paranoïde ou suicidaire et altérer la mémoire, la faculté de jugement et la coordination ». J'avais onze ans quand j'ai commencé. Un demi-cachet de chaque. Au début.

Plus tard j'ai été jusqu'à envier ceux et celles de mes frères et sœurs qui pouvaient nommer leur mal. Prononcer les mots. Ils sont durs, ceux-là. Ils sont eux-mêmes une souffrance, cisaillent la bouche – abus, attouchements, violences sexuelles.

Au moins délimitent-ils le charnier.

Je sais que nommer ne guérit pas. Nommer permet juste de s'identifier. De faire encore partie des hommes.

Je me souviens de cette réplique entendue quelque part : « Je ne suis pas qui je suis par ma faute. » J'ai longtemps été d'accord avec sa consolation et puis, un matin, non. On est ce qu'on a tamisé de nos héritages.

Jusqu'à ce livre, j'ai survécu dans l'ignorance de l'origine de mon mal, et ce fut peut-être une bénédiction.

Je n'ai ainsi tué personne.

Il n'y en avait qu'une qui savait. Mais elle s'est tue.

Voici qu'encouragé par le bon accueil fait à mes deux petits films, je me lançais dans l'écriture d'un long-métrage. Une sorte de Caïn et Abel moderne. L'un dit à l'autre C'est toi que maman préférait ; le soir, elle t'embrassait toujours en premier. L'autre lui rétorque Non, c'est toi, elle t'embrassait toujours en dernier pour s'endormir avec ton odeur. Je voulais une histoire à cet endroit-là parce que les deux frères ont raison et tort à la fois. Cette dualité sera à l'origine de leurs plaies d'adultes : deux mains qui se tendent vers le même objet, c'est l'origine de toute violence. Ici encore, inconsciemment, se poursuivait la quête de ma part manquante d'enfance. La mutilation. *L'enfant mort,* selon

Launet. Revivre, pour peut-être en guérir, la tentative de meurtre de mon frère sur moi. Ici s'essayait encore cette écriture qui me mènerait vingt ans plus tard à la fin de mes tourments. Car écrire, c'est parler une langue posthume. C'est se souvenir de l'oubli et se traduire en verbe. Écrire, c'est se jeter sans avoir vu aucun fond, écouter se briser ses mots comme des os ; prendre le risque de mourir mais aussi celui de vivre.

Ce fut un cauchemar. L'écriture d'un roman est libre, celle d'un scénario se heurte très vite à des questions de budget. Tu as six semaines de tournage, une seule caméra, deux extérieurs nuit, pas Natalie Portman mais une ressemblance ; et vous oubliez les chevaux sauvages qui traversent au galop un village bigouden à l'aurore, voici plutôt un âne en contre-jour qui se meut malaisément. J'étais novice. Mon texte passa entre plusieurs mains expertes. Il fut tordu au prétexte du rythme, amputé au nom de l'efficacité. Je n'eus pas mon mot à dire, ce qui est assez déconcertant pour un auteur. Le scénario fut enfin prêt. Il avait pour titre *Préférence* (1998) et je me proposai pour le réaliser. Grosse erreur. Je n'en avais ni la compétence ni surtout la folie. Lorsque je découvrirais *Au cœur des ténèbres*, le documentaire d'Eleanor Coppola sur le tournage d'*Apocalypse Now*, et verrais la réaction de Francis Coppola qui filme tandis que Martin Sheen est en train de faire une crise cardiaque – Continue de tourner, putain ! Tourne, et toi, appelle un médecin, tu vois bien qu'il crève, T'arrête pas de tourner ! Putain, il arrive ce médecin ? T'as le plan, tu l'as ? –, je comprendrais pourquoi je ne pouvais pas être réalisateur. Il faut être capable de pousser à l'extrême des personnages de sang et je ne le peux qu'avec leurs frères d'encre. Le film fut un four. Non pas tant parce qu'il sortit confidentiellement le jour du quart de finale France-Italie (ah, le ballon de pénalty de Lizarazu arrêté par Pagliuca !) mais parce que je manquais de ce talent-là. L'échec pour moi fut violent ; et bien éphémère la joie d'être allé au bout d'un rêve. « Ce qui ne me fait pas mourir me rend plus fort. » Non. Ce qui ne m'a pas tué m'a à jamais rendu autre. Je n'ai plus rien écrit pendant dix ans. Dix ans de silence et d'absence. Comme si les mots, à l'instar d'une armée défaite, s'étaient en moi repliés dans l'attente d'une autre guerre. Et puis j'ai changé d'agence de publicité. Et puis j'ai refait ma vie.

C'est l'hiver et la nuit tombe au milieu de l'après-midi. J'ai rendez-vous à l'hôtel Costes, rue Saint-Honoré, avec la directrice générale de l'agence de publicité qui me convoite. C'est une grosse et discrète agence américaine. Marques prestigieuses. Campagnes remarquables. Mille mètres carrés de bureaux magnifiques qui donnent sur la Seine, le pont Neuf, le quai de l'Horloge, le square du Vert-Galant, un Paris de moi méconnu, à quelques centaines de mètres du boyau des Halles, cette inguérissable verrue, selon mon grand-père, lieu de perdition, un repaire d'intoxiqués et de filles malpropres – si tu vois ce que je veux dire, petit.

Je suis arrivé en avance. La salle est presque vide. C'est l'heure des dames seules, du thé vert et des alcools blancs et sucrés. L'heure floue. J'attends avant de commander. Allume une cigarette. Gitane sans filtre, comme mon père, qui brûle toujours un peu les lèvres. J'aime son odeur brune, son arrière-goût de réglisse. Les serveuses ressemblent à des mannequins auxquelles il aurait manqué cet impondérable je-ne-sais-quoi pour le devenir tout à fait. Un homme au visage vieux lit *Je m'en vais*, le Goncourt du jour. Je regarde ce monde qui ne me ressemble pas et tout à coup le mien vacille. Entre une femme. Elle est seule et je sais que c'est elle. Non pas elle, la directrice générale avec laquelle j'ai rendez-vous pour parler carrière, campagnes, management, mais elle. La femme qui va changer ma vie. Je le sais. Je le sais à l'instant même où je la vois. Elle est encore de dos. Elle ôte son manteau qu'une serveuse-mannequin s'apprête à prendre, et c'est précisément dans la brièveté de son mouvement, dans cette fugacité où je ne vois encore que son profil perdu, que je m'effondre amoureux. Puis, lorsque son regard parcourt la salle pour me trouver, croise le mien, je sais que ma vie a basculé, quoi qu'il arrive, et je saurais plus tard que ce jour-là la sienne n'a pas cillé – Les hommes mariés ne m'intéressent pas, dira-t-elle. Salutations d'usage puis elle s'assied face à moi. Sort une Silk Cut. Je tends mon briquet. Nos doigts ne s'effleurent pas, nous ne sommes pas un roman. C'est d'ailleurs la seule fois où je la verrais fumer. J'aime ses gestes de fumeuse. Son avant-bras dressé, son poignet relâché, presque cassé, la main devant son beau visage, la cigarette à peine retenue par ses doigts. J'aime la fumée qui s'échappe de sa bouche et qu'elle laisse s'envoler ; lui dessine un loup devant les yeux puis s'évapore au-dessus de sa tête, ébauche alors une forme de capeline. Nous commandons tous deux un verre de vin rouge, quelque chose de tannique, demande-t-elle, et elle sourit parce que comme elle j'aime le vin ; il est ma glissade vers celui de moi que je fuis et qui m'attire à la fois, cet homme de guingois, en manque, depuis la peau de son père, de douleur et de joie, d'amour et de punition. L'ivresse est mon ogresse magnifique. Elle fait danser mon corps et cabrioler mon esprit en même temps qu'elle les ruine tous les deux. Je suis une ébullition depuis l'abus. Un excès. Nous levons nos verres à cette rencontre professionnelle. Le vin est ample et soyeux. Elle me demande de lui raconter mon parcours, moi de me raconter son agence, mais déjà je n'écoute plus, je tombe. Nous réclamons deux autres verres de malbec, fumons d'autres cigarettes, quelques mots encore, quelques rires prudents, puis nous nous séparons. L'interview s'est bien passée. On devrait bientôt me faire une offre, un poste de directeur de création européen, à moi qui ne parle pas anglais, juste trois idiomes idiots, un salaire indécent, une puissante automobile allemande – Pourrais-je avoir l'option banquette supplémentaire ? Bien sûr. Nous nous quittons sur le trottoir. Il fait froid. Elle hèle un taxi. Je retourne sans me retourner à ma voiture. Le siècle s'achève. Les lumières de Noël clignotent dans ces rues riches et si ennuyeuses de Paris. Qu'il est difficile de conduire jusqu'à l'appartement de Bécon. De remonter vers la place des Ternes, prendre Wagram, porte d'Asnières, traverser le pont, suivre le quai du docteur Dervaux, tourner à droite dans la rue de Bretagne. Mon cœur explose. Mes mains sont moites. Je vais chialer et je veux m'esclaffer. Je sais que je vais tout quitter. Je sais que N. m'a conduit jusqu'ici – elle qui était le désir lui-même, inlassablement, un temps de feu imprescriptible. J'ignore encore que dans dix-sept ans j'écrirai *Danser au bord de l'abîme*, que j'y raconterai cette valse au bord de ma vie, cette gravitation, ce moment dans l'ascenseur où j'ai évité ma lâcheté dans le miroir, ce moment où j'ai poussé l'existence des autres dans le vide. Je mets la clé dans la serrure. Pousse la porte. J'entends les cris, les rires des enfants. La table est mise. On m'attend. On veut savoir comment s'est passé l'entretien, si je vais décrocher ce boulot. On fait des rêves. D'autres voyages que celui de Boston qui s'annonce prochainement. Un nouvel endroit, cette fois à Paris. D'ailleurs, la maison juste en bas, précise ma femme, celle qui donne sur le parc des Couronnes, eh bien elle est à vendre, j'ai pris rendez-vous. Les enfants applaudissent. On pourra avoir un chien ? Oh non, non, pas un chien, un chat. Et je ris et je veux pleurer et à nouveau je deviens étranger à moi-même ; je regarde ce père qui enchante ses enfants, reconnaissant à son épouse pour ce repas de fête. Il raconte son rendez-vous, raille les serveuses du Costes, leurs jambes cuivrées, les regards en dessous, et les bruits s'amenuisent et les voix s'estompent, disparaissent tout à fait ; il n'entend plus que battre son cœur, il ne ressent plus que ce sang qui bout dans ses veines, il ne reste que son corps ici, lourd, encombré, ce squelette qui vit en lui, et son esprit s'égare et s'envole, retourne auprès d'elle dans les fumées du bar, dans l'éclat rubis du vin, ses yeux noirs, si noirs, comme le fond d'un puits dans lequel il doit plonger, quoi qu'il arrive, car il pressent qu'on ne voit bien la lumière qui vous sauve que dans le noir le plus dense. Ça ne va pas ? demande soudain sa femme. Les bruits explosent aussitôt de nouveau. Je réintègre mon corps, grimace un sourire. La honte rend laid.

Dans la semaine où *Mon Père* a paru, j'ai reçu le mail d'un lecteur. On ne peut pas avoir écrit un tel livre sans l'avoir vécu, disait-il. Il ajoutait Merci.

Je pensais m'être caché. J'étais désormais d'une famille.

Puis nous partîmes à New York. Deux nuits au Paramount Hotel, à deux pas de Times Square, chambres minuscules et monacales. Et dehors l'hiver ; ciel bleu immaculé et vent glacial qui s'engouffrait dans les avenues, comme un fleuve furieux, giflait les visages. Les enfants grelottaient et à dix heures du matin ce fut leurs premiers hot-dogs brûlants, dégoulinant de ketchup, sur la Cinquième Avenue, à hauteur de la patinoire du Rockefeller Center. Nous bâfrions en moquant les patineurs pataudes, hérons disgracieux, hippopotames balourds ; mais lorsque je vis un jeune homme glisser comme un cygne – et chacun de ses mouvements était si beau qu'on l'aurait dit au ralenti – je ne pus m'empêcher de penser à Ryan O'Neal dans *Love story* qui patinait pour Ali MacGraw à Central Park, elle le contemplait, si faible, sa maladie brûlait son sang et nous savions tous, malgré la valse de Francis Lai, que c'était déjà fini, que son personnage de Jenny Cavalleri ne vivrait pas parce que l'amour ne triomphe pas du mal ni de l'amertume, et des larmes me montèrent aux yeux car c'était ici, de l'autre côté de l'Atlantique, perdu dans une langue étrangère, que j'allais laisser les derniers souvenirs de notre famille, nos vestiges de couple, l'amour qui n'exulte pas ; ici, dans le froid et la joie, que j'allais les quitter tous.

Je conduisis jusqu'à Boston. Une Crown Vic, comme celles de la police et des taxis. Cinq mètres quarante de long, deux de large, un paquebot pour six personnes. Trois places devant, trois à l'arrière. L'une des filles était assise entre nous et elle était fière. On riait, on chantait, je mentais. Nous arrivâmes de nuit. Une maison prêtée par une amie que s'était faite ma femme lors de ses deux précédents séjours. Une insupportable odeur d'urine de chat, des poils partout, jusque dans la trame même des draps. J'ai voulu trouver un hôtel, mais les enfants étaient épuisés. Après avoir mangé une pizza d'un mètre de diamètre, après les avoir couchés, nous avons nettoyé la maison de fond en comble, jusqu'à l'aube, une grande beauté ce matin-là, des dentelles délicates, roses et orangées, et plus tard, assis dans le canapé face au jour, tous deux éreintés et sales, ma femme m'a dit C'est beau, n'est-ce pas ? Nous avons beaucoup de chance, mais je n'ai rien répondu, je me suis levé, suis sorti pour tenter de trouver du lait, du beurre, des bagels, du café et chocolat chauds, et seul dans l'immense bagnole, je me suis mis à cogner le volant comme j'aurais cogné ma propre bouille.

Dans la semaine qui suivit, nous visitâmes Salem en bonne petite famille de touristes que nous étions. Les villages d'Old Sturridge, une reconstitution de l'endroit en 1830, et de Concord, surtout, parce que Louisa May Alcott y avait écrit *Les Quatre Filles du docteur March* et que, si elles l'avaient pu, ma femme et notre fille aînée auraient aimé vivre là, en

1868, auprès de Meg, Jo, Beth et Amy. À l'heure des repas, nous nous régalions de *comfort food* – macaroni and cheese, hamburgers, fried green tomatoes, buttermilk biscuits. Les enfants étaient beaux dans leurs rires et leur maman heureuse. Je fis de mon mieux pour nous écrire une jolie fin, même si je savais qu'ils ne se souviendraient tous que de cette seconde où tout basculerait et jetteraient alors immédiatement aux oubliettes les milliards d'autres qui furent le sel de nos joies. Les bêtes blessées, écrivait Josephine Hart dans son premier roman, sont dangereuses, elles savent qu'elles peuvent survivre. J'ajouterais qu'elles ne savent plus que cela, ne pensent plus qu'à cela.

Nous atterrîmes à Charles-de-Gaulle le vendredi 31 décembre 1999 à l'aube. À quelques heures de la fin du monde. Dans le Vexin, elle avait commencé. Les tempêtes Lothar et Martin avaient arraché à notre presbytère de nombreuses tuiles, trois volets verts, brisé une vitre et, dans l'un des jardins, fendu un pommier.

L'année de la naissance de mon père fut aussi celle de la dictature nazie, du début du Troisième Reich, de l'ouverture du camp de Dachau, de l'incendie du Reichstag et, plus joyeusement, celles de Dalida, de Philip Roth et de Sven-Olov Sjödelius. Il avait donc six ans lorsque la Seconde Guerre mondiale commença avec l'invasion allemande de la Pologne – une photographie de lui à cette époque le montre en gamin de Willy Ronis, jambes nues, manteau trois-quarts, grolles délacées et casquette de travers ; il a l'âge de mon hiver. De ces années de fureur et d'Occupation, à l'exception du fait notable que le magasin familial fut bombardé et qu'il passa tout ce temps de boucherie en zone libre, à Montaigut-en-Combraille

(Auvergne) d'où était native sa mère, il ne nous raconta jamais rien. Pas un seul des sublimes paysages des gorges de la Dordogne ou des monts du Forez. Pas un seul vol de milan royal dans l'azur ou quelques prouesses de l'ASM Clermont Auvergne, fondé par Marcel Michelin. Rien. Plus tard, je me demanderai s'il avait lui aussi croisé un ogre, là-bas. Lui aussi eu son corps de marmot entamé. Car la guerre rend également mabouls ceux qui ne la font pas et se taire ceux qui n'ont pas été zigouillés. Nous n'héritâmes donc que de silences et je m'aperçois, maintenant que sa mort l'a englouti, qu'il ne parlait jamais de lui, ne partageait rien. Je sais juste qu'il avait lu Cesbron et Barjavel, qu'il avait aimé les Compagnons de la Chanson et *Papillon*, le film de Schaffner. Ça fait peu pour un père.

Je me souviens avoir été invité avec trois autres auteurs par l'association Écrivains en Grésivaudan. L'une de leurs bonnes idées était de nous faire rencontrer des lecteurs dans des bibliothèques d'alpages. Ainsi, un soir de neige de novembre 2016, me retrouvai-je à Chapareillan, un hameau planté au pied du mont Granier. La petite salle était pleine à craquer. Les lecteurs restés sur le trottoir essayaient d'entendre. C'était un moment rare, celui d'un seul corps. Soudain, la modératrice me demande ce qu'il y a de personnel dans mes romans, et moi qui suis d'ordinaire pudique à propos de mes textes, prudent même, voilà que je tends la main vers un exemplaire de *On ne voyait que le bonheur*, le feuillette, m'arrête à la page 245 et commence à lire. « Il ne nous tenait jamais la main dans la rue. Il ne s'est jamais allongé dans l'herbe pour regarder le ciel. (…) Il ne m'a jamais dit que j'étais beau. Laid. Grand. Petit. Gros. Maigre. » Je tremble. L'écriture une fois encore me devance. Ce père de fiction est le mien. Je le découvre devant soixante personnes et devant elles me mets à pleurer des larmes qui sont alors mon premier aveu à son sujet.

Mais voilà qu'il est mort et que des gens rient.

Autour de la table qui nous réunit dans une auberge de Saint-Saulve, au jour de ses funérailles, il y a sa famille clandestine – une ado replète se souvient, Il me faisait sauter sur ses genoux, Je l'appelais « Poussin Frisé », elle est hilare, j'aperçois ses plombages, je suis consterné ; une inconnue, la cinquantaine, parle de lui comme d'un père, un homme comme d'un grand frère et la veuve en tremblant répète Il était charmant, charmant, et mes enfants, atterrés eux aussi, liquéfiés, regardent ces inconnus parler de cet étranger qui embrassait, câlinait, n'oubliait aucun de leurs anniversaires, aucun jour de fête ; de ce mort qui pour d'autres s'était allongé dans l'herbe afin de regarder le ciel, qui leur avait tenu la main dans la rue, les avait aimés ; ce lumineux recto du verso crépusculaire qu'il avait été avec nous ; avec moi.

Il me revient avoir fait danser mon corps. L'avoir envoyé se fracasser contre d'autres chairs, à la manière des danseurs de *Verklärte Nacht,* le ballet tragique d'Anne Teresa De Keersmaeker ; comme eux cherché à le faire disparaître en elles – ce corps auquel on avait fait croire que le sexe était de l'amour.

J'en parle avec le psy. Je suis le descendant d'années sombres ; une géniture d'ombres. Il me faut des images pour me remémorer, il me faut les souvenirs des autres pour me guider. Ils m'escortent dans les ronces. Mon enfance s'est effacée. Pour fuir, elle s'est enfouie. Essayez de plonger, dit-il. Dérivez. Il y a forcément des îles. Et voici qu'un mardi, allongé sur le divan, j'en découvre une. Au cœur d'une colonie de vacances. Elle est un rassemblement de nuit, dans un réfectoire. 21 juillet 1969, j'ai neuf ans. L'excitation a vite raison de nos ensommeillements : sur la télévision en noir et blanc, une image floue, des voix américaines et françaises se chevauchent, une émotion incroyable, quelque chose d'immense que nous ne mesurons pas. Au-dessus de nos têtes, un type s'apprête à marcher sur la Lune. J'entends nos cris de joie, nos bravos de gamins lorsqu'il y pose enfin le pied, et tous nous précipitons dehors pour essayer de voir la Lune, apercevoir le bonhomme. Cette nuit-là, pour la première fois de ma jeune vie, lui dis-je, j'avais été un enfant comme les autres, un enfant parmi les autres, avec le même rire qu'eux, le même émerveillement, et puis on nous avait demandé de rejoindre les dortoirs et ça avait été tout. Il est beau ce *tout* que vous venez de lâcher, commente le psy, il est important. Creusez-le, on en reparle mardi. Je vous attends.

Je rentrai tard en espérant que les enfants seraient couchés, déjà endormis peut-être. Je la rejoignis dans la cuisine. Touchai à peine mon assiette. Elle parla de la maison à vendre, en bas. Je l'ai revisitée ce matin, s'emballa-t-elle. Je baissai un bref instant la tête, comme on retient sa respiration avant un plongeon, puis annonçai que je partais. Juste ces deux mots-là. Je pars. Il n'y en a pas d'autres quand on poignarde. On ne vise alors que l'efficacité du coup porté. N'est plus que la sauvagerie. L'*Amokläufer*. Elle encaissa. Chercha soudain l'air de ceux qui se noient. Hoqueta. Eut un sourire perdu en m'imaginant alors une maladie grave. Quelque chose de funeste. Elle tenta un geste vers moi, je reculai. C'est un cancer ?

demanda-t-elle. Tu peux tout me dire. Je fus pathétique et lâche. Elle conjectura que je ne voulais pas qu'ils assistent à mon agonie, et à écrire cela je mesure avec effroi tout le mal que j'ai fait cette nuit-là, toute l'inhumanité dont j'ai pu être capable, le visage blême sous le néon, honteux, écœurant, puisque plus tard elle me gifla, puisque plus tard le chagrin défigura son visage. Le bruit de cette gifle sonna le tocsin de notre mariage. Le divorce allait être violent. La bête blessée savait qu'elle pouvait survivre. Elle allait prendre ses petits, leur montrer ses estafilades, leur faire laper son sang. Elle aiguiserait leurs jeunes crocs contre moi. Ils grandiraient désormais probablement de travers. Auraient tous d'autres pères de fortune, d'autres espérances, quelques désillusions et d'autres frères. Ils retourneraient dans le Vexin, réinvestiraient le presbytère, vivraient plus tard à Paris, puis à Bormes-les-Mimosas. Leur vie serait une errance au gré des rencontres et des promesses. Une odyssée de l'abandon. Elle m'insulta, sanglota ; nous ne nous prîmes pas dans les bras, nous ne fîmes pas l'amour une dernière fois comme je l'avais écrit dans l'un de mes romans ; elle quitta la cuisine en tremblant, elle ne claqua pas la porte, rejoignit notre chambre et s'y enferma. Je fis alors la vaisselle, le plus silencieusement possible pour n'être plus entendu. Ne plus exister, déjà. Puis je passai les heures de la nuit à fumer à la fenêtre. Les nuages parfumés à la réglisse s'évanouissaient dans les ombres du parc – je pensai à ceux qu'elle avait laissés s'échapper de ses lèvres comme des soupirs et qui lui avaient dessiné un loup devant les yeux, un chapeau sur la tête ; comme ma mère dans son bateau de pierres, j'allumai ma nouvelle clope au mégot de la précédente. Je pensai au feu que j'avais offert à cette femme au Costes. À nos doigts qui ne s'étaient pas frôlés parce que nous n'étions pas dans la joliesse d'un roman. Je pensai à cette seconde où, sans qu'elle le sache, une inconnue avait fait basculer ma vie et allait par ricochet modifier le destin d'une autre, la trajectoire de quatre enfants, puis de vingt, de cent, de mille personnes ; car le désir, car l'amour, les brûlures, tous ces abîmes, sont un vocabulaire qui modifie la façon d'écrire le monde. Je pensai à cette femme et je frissonnai. Je voulais toucher sa peau. Je voulais renaître d'elle.

Être sauvé.

À l'aube, j'avais fumé toutes mes cigarettes. J'avais la gorge encombrée, la poitrine remplie de braises. Je puais. Mes doigts. Ma bouche. Ma peau. Je pourrissais. J'ai rejoint le salon et je me suis allongé sur le canapé. À travers l'immense baie vitrée j'ai vu le jour se lever. Un drap qu'on tire. J'ai eu froid parce que je venais de fracasser ceux qui m'aimaient. Et j'ai eu honte. Est-on bourreau de père en fils ? Mes mains se sont mises à trembler car je n'avais plus de quoi fumer et qu'il était trop tôt encore, le tabac de la rue Armand-Silvestre n'ouvrirait pas avant une bonne heure, tout comme celui de la rue de Bezons. J'avais froid et je transpirais. Une crevure. Je me demande ce que j'aurais fait ce matin-là si j'avais su ce que je sais aujourd'hui, de quelle saleté je suis le fruit, et je me mets soudain à penser que les morts sont des salauds qui se sont enfuis – *J'aimerais bien t'avoir là, Toi, face à moi, un couteau à saigner dans mon poing.* J'ai entendu du bruit dans la chambre de l'une des filles. Puis une porte. La chasse d'eau. Une demi-heure encore de silence. Le bruit étouffé du camion-poubelle dans la petite rue Alphand. J'ai regardé les choses autour de moi pour la dernière fois. Le gros livre sur Schiele. La tortue ébréchée en cristal Lalique. Un vase Hutschenreuther Léonard que je trouvais mémère mais qu'elle adorait. Trois minuscules pommes de pin et, punaisé sur l'un des murs, l'immense dessin que j'avais fait quelques mois plus tôt et qu'il me restait à mettre en couleurs. Il représente un couple qui s'embrasse avec fringale sur une banquette de café, les traits qui les dessinent fusionnent leurs corps par endroits ; à sa gauche un homme seul crayonne un roman, à sa droite une femme seule attend. Les dessins écrivent aussi. J'ai fermé un instant les yeux sur cet endroit où nous avions été heureux, là aussi nourri des théâtreux, perdu tant de parties de Monopoly et de Uno, lu et inventé tant d'histoires à nos enfants, et deux d'entre eux sont descendus, l'une le pouce à la bouche, l'autre enveloppé de son grand doudou ; ils ont pensé que j'étais déjà levé, habillé, j'ai préparé leur petit déjeuner, Elle est où maman ? J'ai répondu qu'elle dormait encore, qu'il ne fallait pas faire de bruit et je suis alors, pour toujours, devenu menteur. Je ne l'ai pas revue ce matin-là. Je suis parti bosser au cœur de Paris, dans ces bureaux magnifiques qui donnent sur la Seine, le pont Neuf, le quai de l'Horloge et le square du Vert-Galant. Je suis redevenu le directeur de création ingénieux, nous avons travaillé sur la carte Mobicarte, le parfum Axe et, lorsque nous avons évoqué la campagne Omo à venir, avec cette fois des singes à vélo dans la cambrousse française, elle nous avait rejoints,

mais d'*elle* je dirai peu sinon
Qu'elle m'a guidé dans le brouillard,
Arraché à l'eau.
Le désir est un hameçon.
Déchire-moi la gueule s'il le faut.
Découpe-moi la langue et les lèvres
Mais ne m'abandonne pas.
Je te fais confiance sur l'amour.
Je ne crains plus la pluie avec toi,
Dans chaque goutte d'eau se rêve un océan.

Je regarde mon corps et peine à l'imaginer quarante-sept années plus tôt. Treize ans. Il grandissait encore. Restait trop mince malgré les potées de la cantine. Le surveillant m'avait fait venir dans sa loge après l'extinction des feux et asseoir sur son lit, à côté de lui. Il avait les vingt ans rondouillards. Soudain ses doigts s'étaient insinués dans le pantalon de mon pyjama. Cinq orvets. J'ai dit Vous n'avez pas le droit. Il avait cessé aussitôt. D'où savais-je cela ?

Je me rendais le plus souvent seul au pensionnat. Je me souviens des deux changements de train au départ de Valenciennes – Douai et Arras. Du vent sur les quais. De la brume poisseuse des clopes dans les wagons. Des chiottes dont le tuyau de chute donnait directement sur la voie et de l'air qui glaçait le cul. J'avais dix ans et ni mon père ni ma mère ne soupçonnaient aucun Tommy Recco, aucun Patrick Henry dans les parages, aucune crapule, aucune menace, à croire que le pire était passé, que la foudre ne frappe pas deux fois au même endroit. Parfois, les matins de grand froid, mon père se proposait de m'y conduire ; ma mère regardait alors la voiture hydropneumatique s'éloigner et je suis certain qu'elle était encore à surveiller longtemps à la fenêtre après que nous avions disparu boulevard Carpeaux. Deux heures et demie de silence, assis à côté de lui ; des pointes à 170 sur la D 929 ; la voix de Jean Ferniot qui commentait sur RTL l'événement du jour ; plus tard ce fut Thierry Le Luron qui se prêta à l'exercice et je voyais alors parfois mon père sourire aux drôleries de l'humoriste et son sourire était beau et c'est ce qui était le plus douloureux. Parvenu à Amiens, il s'arrêtait toujours au café Le Penalty, sur la place de la gare ; commandait un Coca-Cola pour moi, pour lui une Pelforth brune aux reflets de poix. Il était huit heures du matin. Puis il me déposait devant le pensionnat, quelques minutes avant que ne retentisse la cloche, comme s'il avait voulu essorer le temps où nous étions ensemble jusqu'à son ultime seconde ; pour le cueillir, au cas où un mot se serait envolé de mes lèvres.

J'ai accepté la honte d'avoir failli. Celle de ne pas avoir tenu la promesse de notre couple parfait – jolie petite famille de magazine. J'ai rendu les armes, accepté les sarcasmes, les petits couteaux dans le dos. J'ai concédé à la peine de nos amis qu'ils choisissent celui de nous deux qui saignait le plus. La bête blessée. Autour d'elle voletaient désormais les oisillons et leurs cris étaient de douleur et d'amour ; de guerre lorsque je m'approchais. Ceux qui m'aimaient ont disparu, la famille s'est tue, le vent a soufflé et ne sont restées que les pierres. La bouche de ma mère s'est mise à trembler et son regard sur moi s'est assombri. Elle m'avait préservé et je n'avais pas sauvé les miens.

Des années ont coulé et nous voici, la mère et son fils, au buffet de la gare de Nice à attendre son train pour Lille après qu'elle a passé une semaine avec nous dans notre maison du Sud. Hier, alors que la nuit tirait à sa fin, que des lueurs dorées incisaient le ciel, je l'ai trouvée assise dans le canapé, mon fils ensommeillé à côté d'elle, entortillé dans sa couverture, la tête contre son épaule. Ils regardaient la finale du saut d'obstacles des J.O. de Pékin, seul sport qui l'ait jamais fascinée, Ah, l'élégance des cavaliers, soupirait-elle. Je m'étais figé. J'aurais tant aimé être mon petit garçon à cet instant précis ; collé à elle, fusionné ; comme lui, ressentir ses sursauts à elle à chaque saut du Canadien Eric Lamaze qui remportera finalement l'or après un sans faute aux deux manches ; j'avais tant rêvé partager avec ma mère de telles secondes intimes, muettes. Soudain, elle m'avait entendu. S'était vivement retournée, Ah, tu es levé, et tout s'était évaporé.

Le serveur apporte nos cafés et un petit panier de croissants. Un mendigot de gare passe près de nous, qui empeste. Ma mère a la grimace polie, le dégoût bien élevé ; sa retenue me touche. Je la regarde. Elle est belle. En une semaine sa peau claire s'est légèrement cuivrée, quelques taches de rousseur ont réapparu. Le soleil a éclairci ses cheveux. Je voudrais lui parler. La retrouver. Lui expliquer l'échec de mon mariage. Non pour qu'elle me pardonne, mais qu'elle sache. Mon ex-femme resplendissait lorsqu'elle jouait, des hommes voletaient autour d'elle, se cramaient souvent les ailes ; un jour l'un d'entre eux s'était posé sur son cœur, mais quand l'impossibilité d'être ensemble l'avait emporté il s'était pendu, oui maman, pendu dans sa chambre d'hôtel près du jardin du Luxembourg, et c'est parce qu'elle m'avait appelé du commissariat de quartier pour me prévenir qu'elle rentrerait tard, me demander d'aller chercher les enfants, de leur faire à dîner, les mettre au lit si je ne suis pas rentrée, que je l'avais appris. Elle était restée très calme. Elle n'était pas malheureuse, elle était le malheur – ce poids qu'on ne peut porter, juste traîner derrière soi. Tu vois, notre couple était une apparence, joyeux dehors, triste dedans. Et puis je voudrais te dire que je souffre toujours d'une peine mystérieuse, maman, toujours mal au bide comme lorsque j'étais ton gamin, je tourne encore ma tête la nuit pour dire non, à bientôt cinquante balais. On ne s'est jamais parlé, toi et moi. Ne dis rien, me souffla-t-elle en émiettant le bout d'un croissant. Quand tu les as quittés, j'ai vu un chagrin immense dans les yeux de tes enfants, c'est ce qui m'a rendue triste. Un enfant qui souffre et les mamans ont peur. Elles rêvent grand pour leurs petits. Et elles se brisent parfois. Un jour j'écrirai *L'Écrivain de la famille* pour lui raconter entre autres mon mariage qui s'est crevassé dès le départ mais elle n'aura pas le temps de le lire, elle sera pétrifiée un matin d'été par un AVC tandis qu'à deux cents kilomètres de là j'en serai seulement à la moitié de l'écriture du roman de notre épopée, les mains dans le cambouis des mots révélant pour la première fois ce père qui nous conduisait en vacances et aussitôt repartait, loin de nos barbaques d'enfants ; peut-être pour retrouver déjà la jeune vieille fille, être à son bras un homme sans accroc. Ma mère n'en parlait pas. Elle avait la désolation taiseuse.

Mais voici qu'on annonce l'entrée en gare du TGV pour Paris. À bord, je range sa valise, elle me pousse vers la plate-forme, Allez, va, va, le train va partir, continuez à passer de bonnes vacances ; je l'embrasse, son os zygomatique claque contre le mien, comme chaque fois, c'est toujours un baiser sec avec elle, furtif, sans le velouté de la tendresse.

La vitre me renvoie mon reflet. Je dois m'approcher pour l'apercevoir, coller mon visage, les mains en œillères. Mais elle est déjà ailleurs, sans doute dans ces brumes mentholées qui font disparaître les choses et les souffrances, et absorbent, croit-elle, le chagrin des mères.

Justement. Parlons de votre mère, encourage le psy. Je suis ici pour parler de mon père. Mais c'est ce que nous faisons, dit-il. Bouche sèche soudain. C'est difficile, elle, dis-je. Mais pas le plus difficile, précise-t-il. Je ferme les yeux. Retourne dans le noir. Si elle n'était pas morte si tôt, elle aurait pu lire mes livres. Elle aurait pu me dire de quoi ils parlaient. Me corriger. Me dire que je n'avais pas commencé à tourner ma tête la nuit vers dix ans, en pension, au prétexte que la veilleuse était au-dessus de mon lit et m'empêchait de m'endormir – Ça, c'est ce que tu te racontes, disait-elle – mais l'hiver de mes cinq ans. Que ce n'est pas moi qui avais demandé à partir en pension mais elle qui l'avait décidé. Comme la chambre au grenier. C'est elle qui m'y avait installé. Je me suis donné le beau rôle. Le petit gamin sûr de lui. S'ensuit mon silence. Oui ? me relance-t-il. Je ne voulais pas être vu comme une victime, dis-je. Sanglots. Il revient sur la chambre au second : Vous pouvez me dire pourquoi. L'escalier faisait office d'alarme, je suppose. Et la pension ? Une autre famille, qui me protégerait cette fois. Eh bien voilà, dit l'oiseau. C'était ça, l'amour de votre mère.

Elle était mon amante et mon amie. Elle était ma compagne, ma complice. Nous travaillions ensemble. Nous existions ensemble. Nous avons très tôt acheté la maison du Sud, d'où l'on voit la mer. Il y avait un immense terrain. Une centaine d'oliviers. On pouvait y accrocher des hamacs et des balançoires. Également un petit bois de chênes et de micocouliers pour les cabanes, pour y installer un jour de septembre, dans la fraîcheur des feuillages, une tablée d'épousailles. Nous n'y serons que sept. Les remariages sont moins crânes. Il y aura là deux amies d'elle, venues de New York et de Londres. Ma sœur, son mari. Et ma mère. Ce jour-là, s'envolera le voile sombre de son regard sur moi. Le vin était bon et la joie allègre. Elle dira Tu as l'air heureux. Elle semble être quelqu'un de bien. Reverse-moi un peu de vin.

Les gens s'y plaisaient plutôt et l'agence affichait une rentabilité record. Mais le renard et le chat ne sont jamais bien loin lorsqu'il y a des piécettes à voler – souvenons-nous d'Arlequin et de Polichinelle qui brigandent Pinocchio. L'agence dut fusionner avec une filiale moribonde. On se mit alors à optimiser. On me demanda de réduire de 20 % la masse salariale de mon service. Je passais mes nuits devant des colonnes de chiffres sans jamais parvenir à une solution. Je ne me résolvais pas à choisir entre l'un ou l'autre. Comment faisaient les urgentistes en cas d'attentat ? De déraillement de train ? Sauver en premier la vieille dame ou l'enfant ? Les choses ne se donnent jamais à voir, il faut bêcher. On me poussait à brutaliser des vies. J'en perdis le sommeil. J'en perdis la joie. Devins bourreau. Untel que j'appelais le matin savait déjà. Il entrait dans mon bureau, le corps ratatiné. En licenciant, j'équarrissais. On me regardait à peine. On m'insultait. Certains trébuchaient dans le silence. Les désespérés pleuraient. Hier encore nous riions. Hier encore nous dansions. Alors après deux ans d'euphorie l'année fut lugubre. Bureaux vides. Gueules d'enterrement. Chacun y allait de ses talents pour subsister. L'ambiance était à la délation. On dévorait les mains qui nous avaient nourris. On retournait sa veste. Survivre réveille la bête, déchaîne toutes les lâchetés. Un nouveau patron fut nommé. Un sauveur. Mais les sauveurs aussi ne cherchent qu'à se sauver eux-mêmes. Avant d'être débarqué à son tour un an plus tard, il me vira sans explication, indemnité ni humanité. En moins de quatre minutes. J'étais devenu les autres. Ceux que j'avais bousculés. Cognés. Ils étaient vengés.

En un instant, j'avais été rendu invisible. Personne ne m'avait plus remarqué lorsque j'avais été comme un malfaiteur conduit à l'ascenseur. J'avais titubé vers les Halles. Soudain, j'avais entendu courir derrière moi, entendu mon nom, reconnu sa voix. Parvenue à ma hauteur, elle m'avait serré contre son corps à elle. Elle aussi tremblait. Elle m'avait dit Je suis ta maison. Mais mon corps ne s'y était pas tout de suite réchauffé. La violence du licenciement avait réveillé mes loups. Je cherchai à les noyer avec l'ivresse mais avais commencé à mordre avec eux. Des flaques de sang. Plus tard, j'avais rêvé de fleuves. De noyades. De dents qui tombent. Mon ventre était redevenu lapilleux. Je m'étais empiffré de Météospasmyl et de Spasfon comme des M&M's. Je m'étais à nouveau approché des lames. Je me suis servi de cette grammaire de la douleur pour raconter dans *Mon Père* le tourment de Benjamin.

Mais voilà qu'on se met à nager quand on est jeté à l'eau. Personne ne déciderait plus de ma vie, ne me convoquerait plus dans son bureau pour me dire Dégage, Tu ne vaux plus rien. Nous créâmes notre propre agence. Elle lui trouva un très joli nom, une promesse, et un ancien client nous rejoignit aussitôt. Nous en gagnâmes d'autres – *E la nave va.*

Dix ans plus tard, mon corps de limaille s'effondra de nouveau. Cette fois parce que mon père allait mourir.

III

Ouvrir des tombes

Hier matin, malgré la neige et le froid, une personne de la maison d'édition est partie en train à Laval pour superviser l'impression de la jaquette de *Mon Père*. Une affaire de bleus délicats à équilibrer. Outremer, électrique et turquin. Dans le même moment, mon éditrice a prévenu de son départ. C'est une tempête. Je me retrouve seul avec *Mon Père* et on ne peut pas porter son propre poids. Quelque chose s'éteint rue Jacob et mon livre naît dans cette extinction. Je m'ingénie pour y voir un signe car le roman est lui-même un achèvement. Et tout à la fois un premier cri. Regardez-le, ce corps souillé. On dirait un têtard. Plus tard, chez le psy au nom d'oiseau, allongé sur le divan qui sent l'excrétion des chagrins, j'ai parlé d'abandon. Mes doigts se sont agités dans le vide. Ils ont frôlé la main de ma mère. Sa peau si fine que parfois elle en était transparente. À mardi prochain, a-t-il dit. Je vous attends.

Écrire est périlleux. C'est ouvrir des tombes.

Dix ans d'abstinence déjà, et voilà qu'en moi les mots grondaient à nouveau.

Quelque chose devait céder, être découvert.

Je tentai alors le roman, car on y est seul ; qu'on finit nécessairement par s'y croiser.

Je commençai par tisser l'histoire d'un gamin de sept ans qui écrit un poème. Une horreur qui faisait rimer papy avec pipi, maman avec Zan. La famille ahurie s'émerveille du talent du jeune poète. Applaudit, car on n'a jamais entendu un parent dire à son rejeton que son poème est à pleurer. On ment. On a bien trop peur qu'il ne nous aime plus. Et les voilà qui se mettent tous à rêver d'une carrière d'écrivain pour leur petit mâche-laurier. Patatras. À huit ans, il n'eut plus rien à écrire. Il me fallut deux ans pour aboutir à *L'Écrivain de la famille*. Deux ans à tracer des lignes comme un paysan trace des sillons sans plus vouloir sortir du champ car dehors soudain tout paraît laid, les rues puent, les poubelles débordent de rats et les gens sont malfaisants, alors qu'ici, dans un livre, les mères flamboient, fument des menthols avec grâce, elles ne toussent pas ; vous êtes beau dans un livre, les châtaigniers se baissent jusqu'à terre pour vous caresser, vous flatter, et quand le loup à l'aube vous dévore c'est un pas de deux, une musique de Schönberg. Je découvrais qu'écrire c'était se rencontrer. C'était redresser un corps de traviole. Pouvoir s'écraser sur le toit d'une Ford Anglia en bas, dans l'avenue, et ne pas mourir. Écrire c'était vivre et oublier – ce sont ceux qui n'écrivent pas qui se souviennent.

Je ne me suis pas jeté dans le vide à dix ans parce que les fenêtres du dortoir étaient verrouillées. Mais je suis quand même parvenu à m'évader, avec les livres. Aux bandes dessinées d'Alix qu'on nous proposait au Foyer, de

Michel Vaillant, de Johan et Pirlouit dont le nom, allez savoir pourquoi, nous évoquait le bruit d'un pet, je préférais la trilogie marseillaise de Pagnol. J'y appris qu'une famille pouvait s'aimer, se le dire. Que donner la vie ne suffisait pas à faire de vous un père – même les corniauds en sont capables. Que des hommes, comme môssieur Panisse, faisaient des voiles pour que le vent emporte les enfants des autres et que le vent m'emporterait peut-être vers une île. Une nouvelle famille. Alors j'ai su que j'écrirais. J'ai su que César m'abriterait les jours de tempête. Que je ne serais plus jamais seul. Et je ne mourus pas. *L'Écrivain de la famille* est aussi l'histoire de ce survivant.

C'est ma mère qui mourut.

Sans nouvelles d'elle depuis plusieurs jours, ma sœur finit par s'inquiéter. Elle téléphona. Laissa des messages. Notre mère ne la rappela pas. Alors elle sauta dans sa voiture pour se rendre chez elle, sonna, deux fois, dix fois. Introduisit sa clé dans la porte et entra. Je crois qu'elle sut aussitôt, et ce matin de juillet tourna à la nuit d'hiver.

Elle était dans sa chambre, pétrifiée, assise sur son lit, adossée au mur. Une jambe dépassait, visait la pantoufle au sol. Elle s'apprêtait donc à se lever. Boire un bon café en regardant les nouvelles du monde. Commencer à préparer sa valise pour nous rejoindre bientôt dans la maison du Sud. Sa tête était penchée vers la droite, posée sur l'épaule, telle la corolle fatiguée d'une tulipe. Sa bouche était ouverte. Figée dans une expression de surprise. D'effroi, peut-être. Ses lèvres semblaient couler. Une cire. Une larme de chair. Plus tard, j'avais pensé qu'elle avait été exaucée – elle avait toujours rêvé de *la belle mort*, effrayée sans doute par une ultime souffrance après une vie d'échardes. À l'idée qu'elle soit restée emmurée plusieurs jours durant, dans le silence, le vide, la solitude, petite fille perdue, affolée, mon sang se glace toujours. Je suis un fils indigne. Elle était encore jeune. Pimpante. Des petits-enfants l'attendaient, des repas, des voyages. Un petit-fils qui lit un poème idiot qui fait rimer maman avec Zan et papa avec pas. Un grand fils qui écrit un roman. Un homme, quelque part, qui l'aurait cueillie. Elle ne connut rien de tout cela. Elle fut juste assassinée au mitan de son automne par un minuscule caillot de sang, et je m'étais plus tard fait la réflexion que nous hébergions tous en nous notre propre assassin.

Notre père vint aux funérailles. Je ne l'avais pas revu depuis longtemps. Il avait vieilli. Il était dépouillé de cette élasticité de chat qui avait séduit ma mère. Sa démarche se faisait désormais hasardeuse, son regard vitreux, sa peau jaunâtre. Nous ne soupçonnions pas que son assassin à lui avait déjà commencé à manœuvrer dans ses entrailles, découper ici et là, en causant le moins de douleurs possible afin de n'être point démasqué. En sortant de l'église à la suite du cercueil, soutenu par ma sœur et moi, comme deux cannes, il se mit à gémir. J'aimerais croire aujourd'hui, alors que tout cela a passé, que tout cela s'est achevé en poussières, qu'il ne pleurait pas la mort de cette femme de douleur et de beauté, mais bien le mal qu'il lui avait fait.

Je regarde mon corps et je me souviens de l'eau.

Je regarde mes jambes que l'eau du bain déforme. Mes avant-bras semblent brisés. J'ai douze ans. Ma mère se précipite, elle a encore ses bigoudis dans les cheveux, Allez, allez, sors, vous allez être en retard à la messe ! Elle me tend une serviette. Son regard soudain se fige. Sur mon pubis, un poil, un seul, est planté. Alors elle peste contre mon père qui ne rince jamais la baignoire, laisse traîner *toutes ces saletés*. Avec une pince à épiler, elle arrache ce poil qui s'est forcément planté. Elle abhorre que mon père ait pu prendre racine en moi.

Dans ce roman qu'elle ne lira pas, ma mère ne meurt pas. Ma mère est très belle, clope au bec, yeux gourmands. Sa peau a la chaleur du soleil. L'odeur du sel. Et la nuit, puisque notre père n'est jamais en vacances avec nous, elle sort. Dans le roman, elle ressemble à Léa Massari, à Stéphane Audran. Une mante religieuse. Elle rentre à l'aube, épuisée, rassasiée. Ses lèvres ont un parfum d'anisette. Ses yeux brillent et son eye-liner esquisse des griffes sombres sur ses joues, des phrases inachevées.

Dans mon livre, ma mère ne pleure pas. Elle ne sanglote pas parce que mon père a brisé les mots sur le sol – *salière, assiette, verre, broc, ramequin*. Elle choisit ses mots à elle. Elle choisit ses hommes. Elle aime l'obscurité car on y distingue mieux l'éclat d'une lumière, une sortie de secours. De retour un matin de l'une de ses nuits secrètes, elle trouve son fils en train d'écrire, assis à la grande table de la cuisine de la maison de vacances. Il écrit un roman sur un gamin qui écrit un poème, puis qu'on enverra en pension, en colonie de vacances, de plus en plus loin. Le petit poète s'appelle Édouard. Ça la fait rire cette homophonie avec mon prénom. Alors elle devine tout. Elle lui demande s'il parle d'elle. Elle dit Promets-moi que tu me rendras jolie dans ton livre. Mais tu l'es, maman ! Non. Jolie, c'est quand on le reste. Elle le supplie, Écris, qu'il subsiste quelque chose de nous. Quelque chose de beau. Elle croit, depuis celui de Cardinal, qu'un livre répare. Elle a hâte d'une vie nouvelle. Tout comme l'écrivain qui écrit mais ne sait pas encore ce qu'il écrit parce qu'il n'a pas encore mis le doigt sur l'enfant mort. Pour l'instant, c'est un gamin comme les autres, il rêve que ses parents l'aiment, mais pour cela il faut qu'ils s'aiment, aussi, à la fin de son livre, après trente ans de désert entre eux, trente ans de soif, parce qu'il veut que cela finisse bien, Édouard réunit ses parents. Et le roman ment. Parce que ma mère est morte. Parce que je ne vois plus mon père depuis longtemps. Mes parents ne se retrouveront pas. Je ne suis pas l'enfant qui rassemble. Je ne suis pas l'écrivain qui recoud.

J'avais donc écrit un premier livre à cinquante ans.

J'étais remonté dans le Nord, au confluent de l'Escaut et de la Rhonelle. J'avais convoqué mon enfance. De nouveau entendu le charivari dans la cuisine jaune. Les silences dans le salon brouillardeux. J'avais revu ce corps transbahuté qui avait été le mien. Essayé de le rencontrer. Soufflé dans son dos pour qu'il s'envole loin, comme dans la comédie de môssieur Pagnol. J'avais préféré le roman à l'enquête, la poésie au rapport de police, puisque le songe romanesque révèle souvent la vérité ; également parce que ni mon père ni ma mère ne démêlaient jamais rien lorsque je leur demandais pourquoi cela n'allait pas. Je sais aujourd'hui que ma question était bien imprécise. Elle englobait le *tout*. Pas seulement moi. Ma petite souffrance. Mon ventre caillouteux. Elle exigeait mille réponses qui auraient obligé à des déviations par leur enfance pendant la guerre, l'éducation, la petite bourgeoisie triste du Hainaut français, l'Algérie, leur mariage, premières désillusions, psychanalyse, la cibiche et le Margnat. *L'Écrivain de la famille* était mon premier retour avenue de Verdun. Il m'apprit qu'une souffrance y couvait encore. Un feu mal éteint. Je n'en avais pas fini avec tout ça. Juste flairé que l'écriture était la bonne entrée. Le livre parut en janvier. Il faisait 4 °C. à Paris et le taux très élevé d'humidité frisottait les cheveux et gondolait le papier. Plus tard, il remporta le Prix Marcel Pagnol et je vous laisse imaginer ma joie, à moi, l'enfant que César, patron du Bar de la Marine sur la Canebière, roi du quatre-tiers de Picon-citron-curaçao, avait, à la force de ses bras « terriblement velus », ramené à la surface du monde. J'allais continuer à écrire, continuer à forer.

Nous passions alors davantage de temps dans notre maison du Sud. On devinait au loin les gorges du Loup, on apercevait les cimes enneigées des Alpes, le village fortifié de Saint-Paul-de-Vence, un immense paquebot de cailloux échoué sur une forêt de chênes et de pins, on y voyait aussi la mer, les aurores magnifiques, les reflets d'or, les nuages roses. J'avais compté cent trente-huit oliviers sur notre vaste terrain. Je les connaissais tous. Ces quatre-là, en bas, les troncs comme une lave, des colonnes gothiques, cinq cents ans d'histoire, d'orages, de grêles, de canicules, et toujours là, impériaux, offrant encore, une année sur deux, des petites olives vertes acidulées ; et ceux-là, près de la maison, bien plus jeunes, à peine cent ans ; et les autres, les bébés de quarante ans, plus chétifs, qui cherchaient une place au soleil malgré les ombres des rouvres et des cormiers. C'est là, dans cette maison paisible, au milieu du craquettement des cigales, lointaine odeur de lavande et de figues, que j'écrivis en quelques mois le bouquin qui, comme un voyou, allait bousculer ma vie.

J'y travaillais parce que ma mère me manquait. Parce que je voulais encore des mots d'elle. Encore son regard. Sa mélancolie poivrée. Ses rires rares. J'avais rêvé pour elle qu'elle puisse enfin décider de sa vie mais son mari la trahit. Il y avait aussi un enfant mort dans le livre. Un autre qui parlait peu. Un troisième qui se perdait. L'éclatement d'une famille. La défaite d'un couple. L'un ne pardonne pas et l'autre meurt. Mais on y vit un livre qui « faisait du bien ». Voici *La Liste de mes envies.*

Malgré les fenêtres ouvertes et un courant d'air paresseux, l'odeur de la mort flottait toujours. Quatre jours après. Une exhalaison de beurre rance. Parfois une bulle nauséeuse éclatait sur nos lèvres. Ma sœur et moi vidions l'appartement, et Dieu que j'avais détesté ouvrir les tiroirs, sortir les culottes, les soutiens-gorge, les vêtements, fond de teint, produits de coloration pour cheveux, tout ce qui était l'envers du corps. Si peu une mère. Parfois nous échangions un souvenir. D'autres, nous pleurions. Ma sœur ne se résolvait pas à jeter ses affaires. C'est trop tôt, disait-elle. Alors elle allait continuer à exister, sur le dos des nécessiteux. Armée du Salut. Croix-Rouge. Sa silhouette flânerait encore dans le quartier.

Puis s'effilocherait. Dans le secrétaire à abattant qu'elle aimait tant, je trouvai des photos. Figurait celle où j'ai cinq ans, épi sur le haut du crâne, chemisette fermée au col ; l'année de mon hiver. Je continuai à ranger ses papiers et tombai sur des fiches de paie. Aussitôt mon cœur s'emballa ; ma poitrine criblée de plombs. Ma mère avait occupé un emploi de femme de ménage toutes ces dernières années. Sa dignité lui avait interdit de nous demander de l'aide. J'aurais sans hésité coupé mes bras, donné tout ce que je possédais pour elle. Elle avait préféré me laisser mes bras et mes trésors.

La Liste de mes envies fit de moi un corps consommable. Une tête de gondole. Un plat du jour. Je pense au corps du petit-fils Clericuzio, dans *Le Dernier Parrain,* qui finit gueuletonné par ses fans dans un hôtel de Vegas. Au corps parfumé de Jean-Baptiste Grenouille, dans *Le Parfum*, que des brigands et des tapineuses pensant être un ange dépècent et dévorent. Le monde est fasciné non par l'élévation mais par la chute. Et il fabrique ses héros pour les déboulonner. En 186 pages, j'étais devenu l'auteur du livre qui « faisait du bien ». Les suivants seraient forcément du même tonneau. On les attendait, s'impatientait déjà, guettait mes « petites gens » à venir. Aimables. Provinciales. Rassurantes. Il n'en fut rien. J'allais faire couler le sang du ventre d'une gamine. Se broyer à près de 120 kilomètres-heure celui d'une actrice de cinéma. Emporter la mâchoire d'une fillette avec la balle d'un calibre .22. J'allais continuer à creuser. Les mots sont des silex. Ils peuvent mettre le feu. Depuis ceux du roi du Picon-citron-curaçao, ceux qui m'avaient permis de bouffer, et plus tard ceux de l'écrivain de la famille, je savais que l'écriture serait mon chemin de croix. Qu'elle me mènerait à l'enfant que j'avais été. Pour ma mère, cela avait été la parole. Les mots qu'elle avait laissés chez son analyste à Lille. Ils sont perdus maintenant. Elle ne m'en a rapporté aucun. Je les imagine parfois chez mon psy au nom d'oiseau. Elle chuchote J'avais vingt-six ans. Elle murmure J'étais terrifiée. J'étais perdue. On ne parlait pas de ces choses-là. C'était l'époque où l'on venait juste d'obtenir le droit de travailler, de posséder un compte bancaire à notre nom sans le consentement de nos maris. Elle soupire. J'ai peur qu'elle se taise. On m'aurait traitée de menteuse, reprend-elle. On m'aurait lapidée. Tu souffrais mais tu ne te souvenais pas. Je crois qu'elle se déchire. Le silence te protégeait, poursuit-elle. Je te demande pardon. Je t'aimais. Je t'aimais tellement. C'est moi qui sanglote maintenant. J'essaie de la retenir. Mes doigts frétillent dans le vide. Ils frôlent sa main, sa peau si fine, ses veines bleues comme une fleur dessinée au henné. À mardi prochain, dit l'oiseau. Je vous attends.

Cinq cent mille exemplaires, Maître, ça doit quand même en faire des pépètes. Mon ex-femme interrogea son avocate afin de savoir si elle pouvait profiter de mes droits d'auteur. C'est aussi mon histoire, argumenta-t-elle. Je suis dans son premier livre après tout. Deux de nos filles également. Notre maison du Vexin. Nos amis. Quelques indiscrétions. Même si tout cela est furieusement romancé. L'avocate lui proposa alors probablement un thé vert dont les polyphénols aident à lutter contre l'anxiété et le stress, avant de lui expliquer, calculette en main, qu'Après avoir obtenu l'équivalent d'un smic pour chacun de vos quatre enfants, ainsi, je vous le rappelle, chère madame, qu'une mini-fortune pour vous, je vais avoir du mal à émouvoir le JAF. Vous ne prenez pas de sucre, je crois ? Elle ne me parla jamais du livre. Les oisillons non plus. Pas davantage que mon père. J'avais secrètement espéré ; un appel ; une lettre. Quelques mots de lui, juste une banale fierté, ce n'était quand même pas rien, un livre. Son silence fut un coup sans trace.

La (désormais) vieille vieille fille me confia sur le ton d'un scoop de salon de coiffure que Depuis qu'on s'est rendu compte en ville que ton père était le tien je veux dire le père de l'auteur enfin du livre quoi les commerçants ne le filoutent plus je veux dire surtout le primeur du Cours des Halles qui avait l'habitude de lui servir des fruits abîmés parce que la vue de ton papa a baissé tu sais et qu'on peut lui faire prendre un citron pour un pamplemousse et que ça m'inquiète terriblement d'autant qu'il ne veut pas aller chez le docteur c'est un têtu un fier. Comme j'aimais sa logorrhée. Son fleuve furieux. Ses mots en désordre au fil de l'eau, telles les caisses d'un naufrage. Mon père ne me fit qu'un seul commentaire. À propos d'*Une pimprenelle*, sorti à l'été 2013 avec un numéro du magazine *ELLE* et qui préfigurait ce qui deviendrait *Les Quatre Saisons de l'été*. Cette histoire brève mettait en scène un premier amour adolescent – une fragrance d'un film de Robert Mulligan. Louis est depuis longtemps amoureux de Victoire. Voici l'été tant attendu. L'été du désir. De la chair. De la première fois. Mais voilà que ce sang « sans blessure » qui devait célébrer l'arrivée de Victoire dans le monde des femmes trace entre eux une ligne qu'elle ne franchira jamais. Mon père eut alors cette unique phrase. Curieuse. Dangereuse. Ce que tu as écrit sur ce sang, c'est ce que tu as écrit de plus beau.

La question qui me hante est : Est-ce que j'ai eu du plaisir ?

Mon corps s'épuise. Mon teint se grisaille. Mon ventre est fait de braises. De makibishis aux pointes toxiques. Je dors peu et me réveille du côté de la nuit. Paris sommeille encore. La ville est un tapis de silence. Presque une menace. L'impatience me démange. Je voudrais déjà me lever. M'asseoir à ma table et poursuivre cette baguenaude désenchantée vers l'avenue de Verdun, mais je me force à deux heures d'immobilité encore – patience, car si j'atteins la fin, alors ce n'est plus la fin. Je bégaye ma douleur. Jusqu'à ce livre-ci, écrire était une fête. C'est l'urgence cette fois qui commande. Les silences dégueulent, je dois les contenir ; parfois retenir la colère. Tout remonte. Tout s'assemble. Mon histoire est banale, c'est ce qui la rend triste.

Dans ces heures ouateuses entre la nuit et le jour, tandis qu'elle dort encore à mon côté ou fait parfois semblant lorsqu'elle pressent mes agitations, les mots de mes livres et ceux de ma vie se boxent. Les souvenirs sont des gnons. Je suis sonné avant même de me lever.

J'ai commencé l'écriture de ce livre à peine posé le point final de *Mon Père*. Une décision prise dans une salle des urgences, à croire que ce livre en était une. J'y transfuse mes mots. Je veux que mon sang s'éclaircisse. Qu'il retrouve un rouge de cadmium. Un rouge vivant. Alors je le lui ferai enfin lire. À elle. Qui me voit chaque jour écrire et parfois trembler, qui observe sur la chaise mon corps se nouer, On dirait, dit-elle, un noisetier tortueux ; alors je lui montrerai ma plaie, alors ce pus qui suinte. Je n'aurai pas peur. Je n'attendrai d'elle aucune compassion car je n'aurai plus honte de ma honte.

Alors que l'assassin de mon père avait commencé à lui bouffer les entrailles, un roman au titre menteur se mit à pousser en moi, à me violenter, et s'imposa de lui-même parce que la vieille vieille fille m'avait annoncé qu'il allait très mal qu'il allait sans doute mourir Oh pas tout de suite Grégoire mais bientôt quelques semaines quelques mois on ne sait jamais avec cette méchanceté-là c'est épouvantable mais il est bien suivi un docteur très bien j'ai peur tu n'as pas idée comme j'ai peur. Et que j'étais à table en train de rire quand elle a appelé.

Voici l'histoire d'Antoine.

Il est attablé à la terrasse d'un bistrot en train de rire avec un ami quand soudain il apprend que son père va mourir. Oh pas tout de suite Antoine mais bientôt quelques semaines quelques mois on ne sait jamais avec cette méchanceté-là, halète sa belle-mère au téléphone. Alors Antoine, la quarantaine, assureur en charge de l'estimation puis de l'indemnisation de la vie des autres, va soudain s'intéresser à la valeur de la sienne et à l'aube d'une nuit où il l'a fait défiler, il réalise qu'il ne l'aime pas. Trop de mésamours. De chagrins. Un licenciement violent. Si peu d'espoirs. Alors il décide d'entraîner avec lui dans l'obscurité duveteuse, croit-il, ses deux jeunes enfants, Joséphine et Léon. Le suicide, c'est quand on n'aime plus sa vie et qu'on ne peut pas en changer, avait un jour défini une de mes filles. Mais voilà. La main d'Antoine tremble. À travers l'oreiller, la balle du calibre .22 rate le crâne de Joséphine. Emporte un bout de la joue. De la mâchoire. La détonation réveille Léon. Des cris. Du sang partout. Fais le 15, Léon. Appelle le 15. Vite. Dis que c'est une blessure par balle. Au visage. Un enfant. Dépêche-toi. Dépêche-toi. Antoine est arrêté. Emprisonné en UHSA. Pendant trois ans, un psy vient le voir. Ils travaillent ensemble à comprendre son geste. Remontent à la source. La nage à contre-courant est difficile. L'écume de l'eau lacère parfois la peau, le cœur, mais Antoine finit par aborder des rivages plus paisibles. La parole fait lentement surface. Les mots sont des points d'appui, ils soulèvent la Terre. Libéré, il part sur la côte ouest du Mexique, à soixante *miles* au sud de Puerto Vallarta. S'installe dans une nouvelle langue. D'autres parfums. Se perd dans d'autres saisons. Plus tard, à La Cruz de Loreto, il trouve un travail d'homme de ménage à l'hôtel *Desconocido* – dont le nom signifie inconnu. C'est alors un homme sans passé. Il est son propre romancier. Sa première page. Un soir, au village voisin, il rencontre une femme. Elle a un petit garçon de l'âge de Léon. Mais les mots ne se comprennent pas facilement, la danse est lente. Il y a dans cette lenteur le temps qu'il faut aux orages pour s'apaiser, aux blessures pour se refermer, et l'on se prend alors, en achevant le livre, à rêver prudemment pour eux d'une vie réparée. L'histoire s'achève ici.

Lorsque ma femme repose le manuscrit d'*On ne voyait que le bonheur* elle est déçue. Elle ne comprend pas. Elle n'est pas en colère mais ses joues s'empourprent quand elle ajoute Tu es un salaud d'avoir laissé tomber Joséphine. Son père tire sur elle, fout sa vie en l'air. C'est elle la victime. Elle qui doit parler.

Ni elle ni moi ne le savons encore, mais elle vient de trouver la tombe de l'enfant mort.

Alors je me remets à écrire. J'écris Joséphine. J'écris son calvaire. J'écris sa survivance et son envie de vivre. Je pleure chaque jour en écrivant. Les lettres se brouillent sous mes yeux, elles semblent pleurer elles aussi. Je plonge loin en moi pour chercher l'enfant. Je la ramène au monde. Sa mâchoire emportée empêche les mots. Elle met longtemps à pouvoir parler de nouveau – j'aurai mis cinquante ans. Et lorsque dans le livre son psy lui demande ce qu'elle voudrait être, elle répond enfin Normale, il lui dit Mais vous l'êtes, vous êtes normale, Joséphine, elle hoche la tête, elle dit Non, normale, c'est quand on est aimée, et je sais à ce moment-là que je suis Joséphine et non pas Antoine, je sais que je me suis trompé de personnage, je n'étais pas le père mais l'enfant, je n'étais pas le garçon mais la fille, je suis celui sur lequel son père a tiré, tire, comme on tire un gibier, je ferme les yeux car on n'est pas vu quand on ne voit pas et mon corps se met à trembler, une épilepsie, les mots sont là, c'est une déflagration. Père. Enfant. Tiré. Je voudrais me lever. Mais le psy, d'une voix impérieuse soudain, dira Nous n'avons pas fini.

Mes livres me racontaient mais je ne les lisais pas.

De son côté, mon éditrice avait balancé le manuscrit loin d'elle au moment où Antoine tirait. Je suis une maman, Grégoire, c'est difficilement supportable une chose pareille. Plus tard, elle avait repris sa lecture. J'ai pleuré, avouera-t-elle, ce qui m'arrive si peu avec un livre. Puis elle l'avait publié. Et une lectrice un jour de salon du livre me chuchotera en rougissant que j'ai été un vrai saligaud d'avoir réussi à lui faire aimer un salaud. Mais avant de l'écrire, je suis allé regarder mon père mourir.

Mon corps d'homme a alors l'âge d'une vieille chanson de Guy Béart. De Chubby Checker. Quand il avait le même âge, je trouvais le corps de mon père vieux. Je me disais que si l'on se bigornait, le mien aurait le dessus ; que mes poings seraient du fer. La puissance d'un père aussi disparaît.

C'est mon enfance muette, mon absence de souvenirs qui m'ont poussé à écrire. Fouiller la terre. Chercher à retrouver les choses. Les gens. L'amour. Il ne me semblait pas avoir connu l'amour. Comment peut-on reconnaître ce qu'on ne vous a jamais donné ? C'est tellement difficile d'écrire sur le vide.

Je regarde mes mains qui creusent ce livre. Un minuscule confetti d'automne ces jours-ci s'est posé sur la droite et je sais que l'hiver approche.

Paris-Valenciennes. L'interminable et ennuyeuse autoroute A1. Le tronçon de l'A2, sans radar, où je fonce à 160, 170. Je frôle parfois la glissière de sécurité. Quelque chose s'est détraqué. Sent mauvais. Sortie Hordain. Péage. L'entrée dans la ville sans cesse refaite depuis le passage de Borloo. Toujours aussi triste. Et puis le boulevard Carpeaux et là, à droite, l'avenue de Verdun ; invariablement un pincement au cœur devant la maison revendue deux fois depuis les années 90. Et puis c'est le boulevard Watteau – on prononce Ouatteau par ici. La seconde rue à droite et on y est, un immeuble de cinq étages, fin des années 70, grandes baies vitrées, balcons et carrelages couleur brique, avec une pointe de rose. Nous voici chez elle.

Dans le salon, il n'y a aucune photo de nous. Aucun livre de Cesbron ou de Barjavel. Il n'y a pas de livres d'ailleurs. Juste *La Voix du Nord* sur la table basse. *Paris Match*. Et puis des étagères vitrées qui abritent des bibelots en biscuit. Des choses de famille, dit-elle, c'est très précieux tout ça. Il y a des napperons sur les tables basses et des croûtes aux murs et je comprends pourquoi ma mère qui aimait tant la fantaisie de son époque, chaises Castelli transparentes, meubles en plastique de Marc Held, la surnommait la jeune vieille fille. Et le voilà, lui, comme un pape, avachi dans un crapaud de velours vert, au milieu des vieilleries. Il est de la fragilité des faïences dans les vitrines – dans quelques jours, il tombera, elle ne parviendra pas à le relever, elle appellera les secours et il séjournera une première fois en soins palliatifs. Il agite une main pour me saluer. Son visage est bouffi. C'est les médicaments, dit-elle, c'est fort. Son teint est biliburineux. Ses yeux flous. Son ventre a doublé. Elle n'en parle pas devant lui. Elle est de celles qui jurent que si on ne dit rien d'une chose elle n'existe pas… Alors, la pluie et le beau temps. Les gens en ville qui se garent n'importe comment. Plus tard, il dit Il ne fallait pas venir, c'est une longue route. Je grimace un sourire. Mon ventre se contracte. Des petits coups de poignard. C'est lui qui meurt et c'est moi qui souffre. La voilà qui revient de la cuisine en poussant une table en verre à roulettes. Serviettes brodées. Champagne Didier Chopin et Triangolini Belin. Elle fait le service car les flûtes en cristal sont fragiles, C'est de famille, dit-elle, c'est très précieux tout ça. On trinque sans joie. À des jours meilleurs. À Noël qui arrive. On espère un repas, tous ensemble. Mais la dernière fois ça ne s'était pas très bien passé. Le poisson n'avait pas été bien décongelé et personne n'avait vraiment su quoi dire. Son verre est vide. Il lui demande s'il reste du champagne. Il ne devrait pas boire autant mais qu'est-ce que tu veux ça lui fait plaisir et puis c'est des bulles c'est de l'air ça ne peut pas faire de mal. Vingt minutes que je suis arrivé et déjà je veux partir. Il regarde dans ma direction, il le sait, Rentre, dit-il, après, il y aura du monde sur la route. Mais je reviens. Encore. Et encore.

L'hiver de sa longue agonie, mes démons ont refait surface. J'y retournais souvent. Voir le corps détraqué de mon père. Son regard flou, dégénérescence maculaire, yeux de cocker. Les mains rouges de mon père, ses doigts gonflés. Le visage qui fond comme une paraffine chaude. Observer toute cette capitulation. Il ne disait rien, c'était la vieille vieille fille qui conversait. Elle évoquait un article qu'elle avait lu dans *La Voix du Nord* à propos de mon livre, ou dans *Madame Figaro*, chez le coiffeur, elle ne savait plus très bien. Elle disait Ton père est fier de toi mais mon père ne disait rien de sa fierté, il la ravalait. Elle le congestionnait. Voilà sa bouche qui cherche de l'air, sa respiration est difficile, alors elle lui verse du champagne. Il préférerait une bière. J'aimais être là et je haïssais être là. Je voulais qu'il parle parce que dans les films ou les livres c'est ce que font les gens qui meurent. Je voulais qu'il me dise pourquoi j'allais si mal. Les pères savent tout, non ? Mais il restait silencieux – saloperie. Elle demandait alors des nouvelles des uns et des autres, histoire de papoter, mais elle n'écoutait pas les réponses. Sur le palier, quand je partais, elle disait tout bas qu'elle avait la frousse, elle disait tout bas Je suis triste et ses yeux perlaient. Il est content que tu viennes, tu sais. Il t'attend. Il me demande de regarder à la fenêtre. Je rentrais à Paris. Je roulais toujours trop vite. La voiture tenait mal la route. Le volant vibrait dans mes mains. Je rêvais de l'impact. Je redevenais viande.

Cet hiver-là, mes démons ont failli tout emporter de nos vies. Broyer notre amour. J'étais de nouveau l'enfant tourmenté, cette fois dans le brouhaha du corps d'un homme. J'ai peur, m'avertit ma femme et mon amie, j'ai peur parce que je ne te reconnais plus. Et elle ne m'aima plus. Alors je partis en exil dans notre maison du Sud. J'y laissai le personnage d'Antoine prendre possession de moi. Dans les heures où je n'écrivais pas, où je ne tremblais pas, je m'essayais aux nœuds coulants, éprouvais dehors la solidité de quelques branches centenaires, je buvais du vin comme on boit de la citronnade en été, je laissais mon corps à l'abandon, je voulais que personne ne le convoite plus, ne l'approche plus. Le chagrin est une haine de soi.

Puis un matin de gel elle m'a dit Reviens. On va te guérir.

Le jour où j'ai appris que j'avais été une victime, je me suis senti vivant.

Au printemps, il rejoignit le service des soins palliatifs de la clinique Vauban, avenue Vauban. Une chambre agréable. Fenêtre qui donne sur le parking, un seul arbre rachitique, gavé au dioxyde de carbone. Face au lit, un mur jaune vif ; j'ai aussitôt pensé aux décors de savane peints dans les cages des animaux de zoo. Acacias, épineux, chénopodiacées. Les illusions. Les mensonges. Je venais autant que mon travail à l'agence le permettait. Lorsque j'arrivais, la vieille vieille fille bondissait du fauteuil, Je file je file j'ai coiffeur je vais être en retard elle est très prise tu sais très demandée faut dire qu'elle coupe très bien et drôle avec ça tordante même, et elle disparaissait emportant son sillage de mots. Elle ne supportait pas la mort à venir, cette immobilité. Il lui fallait du mouvement. De la fureur. Et si elle n'avait pas accédé à sa demande de mourir chez elle c'était parce que le corps perdu aurait fait désordre au milieu des biscuits de famille et des fanfreluches soyeuses, C'est au-dessus de mes forces, concéda-t-elle, il faut que ça reste gaie une maison c'est pas un funérarium tout de même ça non. On meurt quand l'autre ne vous regarde plus.

Je prenais alors sa place auprès de lui, dans le fauteuil de skaï beige où avaient dû torsader tant de larmes. Il somnolait et je l'observais et je me disais Voici ton père, Voici ce corps qui t'a engendré, Voici cet homme qui t'a un jour offert une glace dans le village de Megève, un jour *Que ma joie demeure* de Giono, Le voici celui qui ne t'a jamais serré dans ses bras comme un père un fils, jamais dit qu'il t'aimait comme un père un fils, Voici l'homme qui meurt, celui par lequel tu seras orphelin, Voici celui qui te prend et t'abandonne une dernière fois, Voici le père plus faible que le fils, Le voici confus, le sang dilué de morphine, la bouche qui réclame sa bière et grimace à chaque gorgée, crache les bulles de verre et quelques derniers mots qui n'ont pas l'élégance des inoubliables derniers mots d'un homme, ce sont les siens, les derniers qu'il t'offre, à toi d'en faire ce que tu veux, comprends ce que tu peux, J'avais honte, marmonne-t-il enfin, je quittais l'avenue de Verdun et j'avais honte, je rasais les murs, je baissais les yeux. Je passais par la rue des Incas pour qu'on ne me voie pas. Par la place Verte. Il m'arrivait de pleurer. Il pleure en confessant cela. Une grosse larme coule, elle possède la lenteur d'un sirop. Et je me mets également à chialer cet homme qui part et qui est mon père. C'est maintenant un emmêlement de mots dans sa gorge. Des épreuves pour nous tester, crachote-t-il. Des malheurs qui arrivent. Pour apprendre à pardonner. Redevenir des hommes bons. Parle-t-il de l'époque où il est longtemps resté dans une clinique du massif des Arves ? Parle-t-il de ma mère ? De son amputation de nous ? De l'Algérie ? De moi ? Je ne comprends pas, papa. De quel pardon parles-tu ? Je te demande pardon. De quoi ? Tu m'as fait du mal ? Dis-moi, parle-moi. Je suis venu pour t'entendre. Qu'est-ce que tu veux me dire ? Tu dois me le dire. Mais déjà sa tête bascule de l'autre côté, ses doigts n'ont plus aucune force, le verre de bière verse. À l'exception du ventre énorme, le corps est désormais minuscule, un papier mâché, une disparition.

Je quitte la chambre. Dans le couloir, je préviens une infirmière de l'incident. Je vais m'occuper du drap tout de suite, dit-elle. Puis elle rosit. Me demande si elle peut apporter son exemplaire de *La Liste de mes envies* afin que je le lui dédicace à ma prochaine visite. Trois pas et elle se retourne. Il ne souffre pas, vous savez, on fait tout pour qu'il ne souffre pas.

Aujourd'hui, alors que s'est achevé cet opéra ténébreux, je ne suis pas en colère qu'il n'ait pas souffert, qu'il se soit juste endormi, confortablement, face à son petit mur jaune, sans que son corps convulse, résiste ou se batte, qu'il ait simplement levé les bras, rendu les armes, baissé la tête, car les lâches n'auront jamais aucune gloire.

Mon père est mort le matin même où j'ai fini d'écrire *On ne voyait que le bonheur*. Le 7 mai 2014.

Quand il l'a su, mon fils m'a dit Tu aurais dû faire un livre de deux mille pages, il aurait tenu plus longtemps.

Puis j'ai vu le cadavre, dans un salon de la Maison funéraire de Valenciennes, boulevard Saly. Toujours obséquieux, ces endroits. La vieille vieille fille a dit, la voix éraillée, Il est très beau, et je crois que c'est la phrase la plus courte qu'elle ait jamais prononcée de sa vie. Elle était là, elle aussi, contre moi. Elle a pris ma main, pour me retenir peut-être. Me réchauffer. Je n'ai pas touché le corps, pas embrassé son front comme on le voit parfois faire dans les films. Et puis on l'a brûlé. À mille degrés, les os ont fondu. 3,5 kilos de cendres. Voici ton père. L'odeur de sa mousse à raser. De son eau de toilette. De ses clopes. Voici son veston. Son froc. Sa chemise blanche. Ses pompes à pompons. Voici ses soupirs et ses tendresses. Voici son sourire et ses mains dans le bas du dos de cette femme avec laquelle il avait dansé au jour de ton mariage – elle s'appelait Joyce, tu t'en souviens, maintenant, et tu te demandes s'il s'est branlé le soir même dans sa chambre d'hôtel. Voici l'Algérie et le grand magasin de textile, la Ford Anglia, la D Super 5, un bouquin de Cesbron, un 45-tours des Compagnons de la Chanson, voici l'adénocarcinome qui l'a crevé, crevé à son tour, voici de quoi il était la vie, de quoi il était l'espérance, quelques poignées de sable. Tu n'auras désormais plus de corps à frapper. Tu es devenu ce jour-là à jamais une victime sans coupable.

Et puis sa femme a enterré l'urne dans le caveau de sa famille, il faisait beau, et tu as été orphelin.

Ma mère serait-elle venue si elle avait été encore vivante ?

Se serait-elle une dernière fois placée entre nous ? Entre le cercueil et moi ?

En écrivant sur mon père, j'ai trouvé l'amour de ma mère.

Les pères ne savent pas tout. Est-ce que maman redeviendra comme avant ? me demanda l'une de mes filles. Mon ex-femme allait mourir. On lui découvrit deux tumeurs. L'une planquée derrière l'os frontal, l'autre derrière le pariétal. Chacune de la taille d'un raisin. Il fut décidé de l'opérer le plus vite possible faute de quoi sa vie s'arrêterait là. À cinquante-quatre ans. Dans l'âge magnifique des femmes et des jeunes grand-mères ; des rêveuses qui ont tant à atteindre encore. On lui ouvrit le crâne d'une oreille à l'autre et ce fut le début de la fin. Je ne sais pas, ma chérie. Alors j'accompagnais le soir ma fille aux groupes de parole de la Ligue contre le cancer, boulevard Blanqui, dans le treizième arrondissement. Là, nous apprenions à poser des mots nouveaux sur des émotions nouvelles. Découvrions la désespérance. Le dépérissement. L'immensité aussi des bras des autres lorsqu'ils se tendent pour vous réconforter. Notre peine était commune. Nous ressortions chaque fois en miettes en nous tenant par le bras pour ne pas tomber. Deux ivresses jusqu'à la station de métro. Sur le quai, je sais que nous imaginions ma fille et moi des bruits mats de corps sur la carlingue du train. Des fureurs qui broieraient nos douleurs. Mais il faut vivre encore pour ceux qui ne vont plus vivre. Il faut rire encore. Il faut tenir. La mort de mon père m'avait laissé exsangue et la tournée de présentation de mon roman boulottait mes dernières forces. Ma femme m'avait dit Appuie-toi sur moi, je suis solide. Voici ce que tu dois faire. Renoue avec tes enfants. Renoue avec leur maman. Tu dois écrire une jolie fin à tout ça, tu comprends ? Il faut qu'il reste quelque chose de beau. Qui ne soit pas perdu. Je me mis à raccommoder. À tisser. J'obtins de pouvoir lui rendre visite dans sa maison de Bormes-les-Mimosas et ne la reconnus pas. Quinze ans avaient passé mais c'est la maladie qui avait tout emporté – la joie, la frivolité, la souplesse du corps, l'allure, tout ce que j'avais convoité dans l'appétit de mes vingt ans. D'elle, il ne restait que la voix, ce phrasé si particulier qu'elle avait porté sur scène en Avignon, quand elle avait un été joué Monique dans *Suzanna Andler*, puis plus tard, à Paris, Auguste, l'une des deux friponnes du *Plaisir* de Crébillon fils ; une diction élégante et fière qui n'était pas sans rappeler celle de *La Femme d'à côté*. Nous passâmes ensemble un long moment dans la fraîcheur de cet après-midi de printemps sur la terrasse dissimulée sur le toit, comme un jardin secret, ces petits univers à la Colette qu'elle aimait tant. De là, on distinguait les maisons à flanc de colline qui semblaient glisser jusqu'à la mer, comme des osselets, et, parce que ce jour-là le temps était clair, on voyait le cap Bénat, on voyait l'île du Levant et les îles d'Hyères, on voyait ce qui durerait toujours et serait sans nous. Je la faisais rire car il me semblait que c'était une jolie façon de rester en vie. Son dernier compagnon montait souvent, demandait si elle avait besoin de quelque chose. Je le soupçonnais de se méfier de moi, de ma présence incongrue puisque, durant toutes ces années, en bête blessée qu'elle avait été, elle m'avait honni. Tout va bien, D., répétait-elle, tu peux nous laisser. Et le méfiant redescendait. Toujours aussi méfiant. Plus tard, lorsque notre grand fils de seize ans nous rejoignit à son tour sur la terrasse, il s'assit face à nous, nous dévisagea longuement et, lui qui ne parlait pas beaucoup, fit ce commentaire qui me poignarda C'est la première fois que je vous vois tous les deux ensemble, et sa mère, épuisée déjà, nous regarda à son tour et répéta C'est la première fois que je vous vois tous les deux ensemble, et je sus à ce moment précis tout ce que j'avais assassiné en chacun d'eux. Des larmes montèrent à mes yeux et je ne voulus pas pleurer, je m'étais promis de ne pas pleurer, mais elles étaient aussi de joie : il m'était donné de montrer à notre fils de quelle mère et de quel père il était l'amour et la chair et le sang, et je me jurai, sur la route du retour, après avoir pendant une heure erré seul dans le village provençal, humé les parfums que bientôt elle ne sentirait plus, ressenti le souffle du levant blanc, contemplé les ruelles que bientôt elle ne longerait plus, de leur offrir à chacun quelques souvenirs de nous. Voilà pourquoi cette fin dans *Danser au bord de l'abîme*. Voilà pourquoi ils se retrouvent tous à vivre et à chanter sur cette plage du Nord, la bête blessée comme les oisillons, le méfiant comme celle dont la fumée de la cigarette avait dessiné un chapeau. Mais avant que je n'écrive cette danse, nous l'avons dansée autour de tablées joyeuses dans la maison du Sud, malgré le Temodal, le Lyrica, les effets secondaires, l'abrutissement et la peur. Mes enfants depuis possèdent ces photographies de famille heureuse qui leur manquaient. Elles absorbent le sel de leurs yeux certains soirs. Leur rappellent, maintenant que leur maman est partie, qu'il y a eu de l'amour dans nos vies. Malgré mes abîmes.

Dans ce roman qui parle de nous tous, l'héroïne, Emma, dit Je suis restée vivante. Il faut bien des blessés pour témoigner.

Je suis Emma.

Je regarde mon corps d'encre. Ma chair intaillée de mots.

Des femmes m'ont souvent demandé comment je parvenais aussi bien à me mettre à leur place.

Je ne pouvais pas leur répondre que moi aussi j'avais connu la violence d'un homme.

Mon Père est paru hier et il n'y a pas eu d'attentat, comme l'an dernier à la même époque, ni de grève assassine pour les livres. Hier était sur Paris un temps de printemps. Un air de fête. Terrasses de cafés bondées. On voyait des filles, le cou ployé, le visage tendu vers les caresses du soleil. On voyait des garçons qui riaient en buvant des bières cuivrées et en regardant les filles aux cous ployés. Le soleil de février faisait oublier les chagrins des ronds-points, la misère du quinze du mois et les stèles balafrées la nuit précédente à Quatzeheim (Alsace) de svastikas dont l'acrylique bleu roi coulait encore comme un sang frais. Malgré la température clémente je tremblais.

Ce matin, étendu sur le divan, je parle de *Mon Père.*

Des banalités d'abord.

La mise en bouche.

Je dis

Je suis content, je trouve que le livre est beau. Beau papier, épais. Belle pagination.

Quelques secondes de silence, sur le velours élimé, l'odeur des chats, les phéromones.

Puis,

C'est un sujet qui m'a dévoré.

Qui m'a castagné.

Je précise

Ce prêtre qui abuse d'un gamin,

et son père qui essaie de le sauver.

Je me demande

Je ne sais pas si on peut sauver quelqu'un d'autre que soi.

On est son propre précipice.

Je parle des

Ronces de mots.

De

La douleur qui danse,

de mon corps qui trémule.

Je souris.

Est-ce qu'on peut dire ça ? Qu'un corps trémule ?

Son mutisme.

Je précise

J'ai écrit le silence. Le silence de Benjamin, le garçon violé dans mon livre. C'est violent le silence. Ça mutile. J'avais déjà écrit le silence de Joséphine, dans un autre livre, cette gamine que son père tire. Ça m'avait cassé la tête, ça.

Le psy s'emporte.

Revenez ! Revenez !

Revenir ?

Sur ce que vous venez de lâcher. Vous avez dit Que son père tire.

Je reste muet. Je veux me lever. Respirer. Partir.

Nous n'avons pas fini, poursuit-il, impérieux soudain.

J'ai envie de chialer.

Mais pleurez, Bon Dieu, pleurez !

Je voulais dire Sur laquelle son père tire.

Mais vous ne l'avez pas dit.

Non. Je ne l'ai pas dit.

Mes larmes fissurent les digues comme un disque diamant ; je me souviens que

En plus de s'occuper du magasin, mon père était président du tribunal de commerce.

Et ?

Il portait une tenue de juge. Une robe noire aux simarres et revers de manches en soierie noire, rabat blanc, ceinture en moire. Exactement comme la soutane d'un prêtre.

Je dis tout bas

C'est lui le prêtre de mon livre,

L'aveu se coince. C'est si difficile.

Puis je répète, plus fort cette fois, pour qu'il entende, pour que j'entende,

C'est lui le prêtre de mon livre,

C'est mon père.

J'ai la gorge noyée maintenant. Je vais couler. Il ne tend pas les bras. Je dois remonter seul. Mon silence est ma parole.

Et moi je suis le père qui cherche à sauver son fils. Et le fils.

L'adulte et l'enfant.

Ils sont la même personne.

Comme dans mon court-métrage, je vous en ai parlé, ce gamin qui se rencontre adulte et se demande des comptes…

Vous m'en avez parlé. Continuez.

Je hoquette.

Mon visage fond. Mes mots me sautent à la gorge. Ils s'échappent tout seuls maintenant ; éclairent mon passé, chacun de mes romans, mes hallucinations, mon incapacité à aimer sans douleur, ma disposition à baiser sans joie.

Je dis

Ma mère m'avait un jour appris que j'étais né violé, parce que j'avais le cordon ombilical noué autour du cou, à deux doigts d'être étouffé.

Violet.

Violé.

Une voyelle muette d'écart.

J'ai trébuché.

Je vais dégueuler.

L'amnésie traumatique craque. Les mots me tailladent. Je suis un corps en sursis sur ce canapé rouge, salé de frayeurs.

Je dis

Je ne me souviens pas mais je sais.

Mon parcours de silence s'achève ici.

Je dis, lentement,

Mon père m'a fait du mal

et chaque syllabe me poignarde.

Je n'ai pas honte, vous savez, je suis triste.

J'avais cinq ans, ma sœur venait de naître, ma mère était à la maternité. J'étais resté plusieurs jours seul avec lui.

J'essuie mon visage avec un pan de ma chemise.

Ça s'est passé à ce moment-là.

Puis ma mère et ma sœur sont rentrées et ça a été fini.

Je crois.

Je renifle. Grouine comme un cochon. Ça m'est égal.

Je poursuis

Un jour dans la cuisine ma mère avait crié sur lui, Tu es un sale type, va-t'en, va-t'en. Des mots durs, ça. Une condamnation.

Finalement, c'est moi qui suis parti.

Il me reprend

C'est vous qu'elle a fait partir.

C'est moi qu'elle a fait partir.

Je me calme parce que je n'ai plus peur.

Je suis atrocement triste.

Je murmure

C'était sa façon de m'aimer.

Un long silence suit. Mes tremblements s'estompent. C'est douloureux une naissance. Plein de sang. Plein de merde.

Plein d'espoir aussi.

Et je répète, parce que j'y tiens, que je n'ai pas honte.

Avoir honte, c'est être son propre esclave.

Derrière moi, le psy se lève de son fauteuil de bois en soupirant ; c'est un souffle léger, presque vaporeux.

C’est bien, finit-il par dire. Je crois que vous êtes en train de remonter votre cadavre d’enfant.

À mardi. Je vous attends.

J'ai laissé les soixante-dix balles sur le velours défraîchi. Titubé jusqu'à la porte. Dehors, j'ai déambulé dans la rue de la Fontaine au Roi, marché jusqu'au canal. On s'écartait quand on me croisait. On détournait la tête. Une dame fit même demi-tour en tirant sèchement sur la laisse de son clébard qui s'étrangla. C'est terrifiant un homme qui tangue, c'est toute l'humanité soudain qui menace. Au quai de Jemmapes, je suis monté sur la passerelle Bichat ; me suis assis, les pieds dans le vide. Six mètres plus bas, l'eau fangeuse. J'ai pensé à Lise, dans la nouvelle de Karamzine, qui s'était jetée dans un lac, à Berthe Mason, dans *Jane Eyre*, qui avait sauté d'un toit. J'ai frissonné encore. Comment dit-on ce qui nous arrive ?

De quels mots est l'effroi ? De quelles phrases le chagrin ? Les mots sont des grenades dans les mains. Le destin parfois les arrache. Tout ne s'écrit pas. Voilà mon histoire. Voilà pourquoi un homme se croise enfant dans l'un de mes films. Pourquoi un père tire sur sa fille dans l'un de mes romans. Qu'une héroïne, dans un autre, accouche d'un bébé mort. Pourquoi il y a tant de trahisons dans mes livres. Voilà pourquoi j'étais perdu. J'ai peur désormais. Les mots ne guérissent pas. N'effacent pas. Ils tracent juste d'autres vies.

J'ai marché un moment et puis je l'ai appelée. Je lui ai dit que mon père m'avait fait du mal. Elle le soupçonnait depuis longtemps. Car les amoureuses, comme les mères, pressentent toujours la pluie.

Plus tard, quand elle a entendu mon pas dans l'escalier, elle a ouvert la porte, elle m'a pris dans ses bras, sans rien dire, elle a léché mes joues salées et j'ai su que je pourrais vivre.

Je suis retourné avenue de Verdun, à la faveur d'une dédicace dans le Nord. J'avais donné rendez-vous à ma sœur – elle aussi voulait revoir la maison. Le ciel était bleu, il faisait froid, un temps de sortie d'hiver. Nous avons pris une photo de nous devant la porte en chêne clair dont les poignées bâton de maréchal en cuivre brillaient autrefois. Nous avions maintenant plus d'un demi-siècle chacun. L'enfance était loin. Derrière ces murs de briques. Elle ne chuchotait plus, elle s'était tue mais je voulais la faire parler une dernière fois. On nous ouvrit. La propriétaire avait été prévenue de notre visite. Une dame charmante. Ça doit être émouvant pour vous, a-t-elle dit. Entrez, entrez. Elle était fière des améliorations qu'elle avait apportées. Ravie de nous les faire découvrir. La salle à manger où l'on ne mangeait pas était devenue accueillante, mais le salon paraissait plus petit. La décoration ressemblait à celle des magazines – livres d'art qu'on ne feuillette jamais sur une table basse, lampes Pillar en chrome, pouf carré Barilla devant la cheminée, orchidées, peintures modernes. L'odeur mentholée s'était évanouie. Le bouquin écorché de Cardinal n'était plus là. Ma mère n'était plus là. Le jaune de la cuisine avait été recouvert d'une coquille d'œuf et les meubles de bric et de broc qui l'équipaient jadis avaient été remplacés par des choses sur mesure, plus banales ; elle était devenue une pièce silencieuse. Mais voilà que ma tête se mit à tourner. Je m'éloignai. Déambulai dans le couloir. Le carrelage était resté inchangé, un dessin élégant fait de vert amande, de jaune nankin, rouge de falun et gris perle. Je fis quelques pas jusqu'au petit salon qui avait été transformé en bureau, et voici que j'y entendis des rires clairs, des innocences. Je suis là, avec mon frère et ma sœur, tous trois soudés dans le gros fauteuil velours framboise, émerveillés devant la Pizon-Bros. J'avais oublié ce rire, oublié ces heures où nous ne savions rien, où nous étions juste des enfants. Ma sœur m'avait rejoint, On monte, dit-elle. Les marches qui grinçaient ne grinçaient plus. La chambre de mon frère était désormais une grande salle de bains. Nous sommes assis sur son lit, buvant une bière en écoutant des chansons sur sa musicassette. Abba. Dassin. Nous rêvassons. Nous aurons des jolies petites copines. Des bagnoles rapides ; classe, ajoute-t-il. Un boulot peinard. Zéro soupçon par contre des carambolages qui nous attendaient. Le grenier maintenant. On a tout refait, a dit la dame, vous allez être étonnés. Les murs avaient été abattus pour dessiner un grand loft. Ma chambre n'existait plus. Plus aucun effluve de trichloréthylène ne flottait. Aucune note de Mahler ne s'étirait plus. À la place, un vélo elliptique. Un lavabo. Une douche. Odeurs de sueur. Je manquai d'air. Redescendis. Le jardin était méconnaissable. À la caillasse grenat s'était substituée une pelouse et l'immense hêtre avait été coupé, remplacé par un petit arbre chic, taillé en boule. Il y avait une piscine, bien que la température annuelle moyenne fût ici de 10,8°C. La propriétaire me rejoignit. Curieuse. Vous allez écrire un livre sur cette maison ? Non. Elle sembla déçue. Vous avez le temps de prendre un café ? La maison ne parlait plus, juste une baraque embourgeoisée qui sentait les parfums gras des bougies d'intérieur et plus le poulet-frites du dimanche, le Margnat et la clope. Le lendemain matin, en rentrant à Paris, j'avais soudain pensé qu'il y avait une chambre que je n'avais pas revue.

C'est ici que je m'arrête.

Je ne parlerai pas de pardon parce que ce n'est pas le sujet.

Le pardon est une fiction.

Un leurre qui dépouille encore davantage les victimes.

J'ai parlé de ce qu'il est difficile de connaître un homme et de le juger.

J'ai parlé de ce que la souffrance demeure toujours. Elle est un tatouage. Elle est une moucheture. On rêve qu'ils s'estompent un jour. Mais cela n'arrive pas.

Il aura fallu la mort de ma mère, celle de mon père. Il aura fallu ma colère et ma souffrance. Il aura fallu les mots. Je connais enfin mon histoire.

J'aurais voulu parler de ce qu'il y a eu aussi parfois de la joie à avoir été cet enfant-là. Des choses extrêmement simples.

Comme celle de m'avoir laissé gambader dans le grand magasin familial certains samedis après-midi, au retour du pensionnat, et choisir moi-même une chemisette. Les vendeurs me souriaient. J'étais important. J'étais son fils.

Comme le souvenir de cette unique glace qu'il m'offrit dans le village de Megève où il était resté une journée supplémentaire à cause d'une pièce à changer sur sa voiture hydropneumatique. Il avait dit Tu as une moustache à la pistache. Et nous avions ri tous les deux et c'était bien.

Je voudrais juste savoir que ce qu'il m'a fait, il ne l'a pas fait contre moi. Qu'il a eu un moment d'égarement. Et que je ne suis surtout pas quelqu'un de laid. Je ne le saurai jamais et ma peine restera.

C'est ma mère que j'aimerais retrouver à présent. Lui dire Je sais que tu m'aimais. Et que ça m'a sauvé.

Puis la rassurer, elle qui dans mon roman me demandait si mon livre parlerait d'elle. Promets-moi, suppliait-elle, promets-moi que tu me rendras jolie dans ton livre.

Tu vois, mon livre parle de toi.

Mon livre est toi.

Il est l'amour d'une mère.

Merci

Juliette Joste

Olivier Nora
Simon Labrosse
Agnès Nivière
Myriam Salama
Christine Lagarde
Jean-Marc Levent
Agnès Farges
Léa Laügt

Karina Hocine
Charlotte Van Essem
Claire Silve
Anne Pidoux

Audrey Petit
Florence Mas

Béatrice Duval
Véronique Cardi

Jacques Jolly
Jean-Louis Fournier
Moh
Lorraine Fouchet
Frank Andriat
Yves Monnet
Laure Merveille
Jean-Marie Bénard
Jean-Claude Hespel
Thérèse Samyn
Michel Goldblat
Bernard de Brower
Philippe Gaumont

César, le roi du quatre-tiers
de Picon-citron-curaçao

Maman

Et Dana,
Dana, surtout.

« Quelque chose dans moi comme un oiseau blessé. »

Louis Aragon,
« Toute une nuit j'ai cru »,
Le Roman inachevé.

Cet ouvrage a été achevé d'imprimer
par CPI Firmin-Didot au Mesnil-sur-l'Estrée
pour le compte des éditions Grasset
en août 2021

Mise en pages par PCA

PAPIER À BASE DE
FIBRES CERTIFIÉES

Grasset s'engage pour
l'environnement en réduisant
l'empreinte carbone de ses livres.
Celle de cet exemplaire est de :
650 g éq. CO_2
Rendez-vous sur
www.grasset-durable.fr

N° d'édition : 22109 – N° d'impression : 164601
Dépôt légal : octobre 2021
Imprimé en France